두 번째
청춘

두번째 청춘

나이 들수록 더 행복하고 더 우아하게 사는 법

유영미 지음

시공사

부족한 딸을 위해 언제나 하나님께 기도하시는
부모님께 이 책을 바칩니다.

누구나 행복하고 아름다운 인생을 살아가길 원합니다. 청춘 시절에는 꿈을 먹고 살고, 중년이 되어서는 꿈을 이루고 살고, 노년이 되어서는 그 꿈을 나누어주고 살길 바랍니다.

인생의 각 계절은 이렇게 모두 가치 있고 의미 있는데, 유난히 우리 사회는 젊음만을 최고의 가치로 여기며 노년을 폄하하는 것 같아 늘 불만이었습니다. 젊다는 것이 무슨 권력이라도 되는지 너도 나도 젊음만을 유지하려고 안간힘을 쓰는 것 같아 안타까웠습니다.

지난 15년간 SBS 라디오에서 〈유영미의 마음은 언제나 청춘〉을 진행하면서 저는 정말 닮고 싶은 어르신들을 많이 만났습니다. 그분들은 정치계의 거물도 아니었고 경제계의 주요 인사도 아니었으며 문화계의 이슈메이커도 아니었습니다. 만나면 행복해지고 삶의 지혜가 묻어나는 우리 주변의 어머니, 아버지들이었습니다.

 사실, 젊음은 사랑스러운 것입니다. 패기 있고 힘차고 가능성이 있지요. 그러나 어디로 튈지 모르는 공처럼 불안함이 내재된 시기이기도 합니다. 잘 살아내야 한다는 인생의 많은 짐을 지고 있는 무거운 세대이기도 하고요.

 찬란한 연애 이후 결혼을 하고 아이들을 키워내고 약간의 노화에 기겁하며 중년을 맞이하면 어느새 덜컥 노년을 만납니다. 준비 없는 은퇴 문화의 척박함 속에 맞이하는 퇴직이나 남아도는 시간, 더욱 냉랭해진 가족과의 동거는 시니어들의 삶에 복병이 되고 있습니다.

 그러나 우리가 인생의 선배인 시니어들을 조금만 따뜻하게 바라본다면 그분들이 느끼는 삶의 행복지수는 확 올라갈 겁니다. 많은 시니어들은 얇아진 지갑보다 우리 사회의 당당한 구성원인 노년을 무시하고 소외시키는 사회적 합의에 더욱 좌절합니다. 아직 이 사회에 기여할 것이 많이 남아 있는데도 노인이라는 이름으로 낙인찍고 어르신들이 살아온 연륜을 폄하하는 태도는 이 사회의 어리석음을 적나라하게 보여주는 것입니다.

 많은 외국인들은 한국 사회의 매력 중 하나로 어르신 공경을 말합니다. 부모를 소중히 여기며 효를 중시하는 태도에 감탄을 하지요. 그러나 이 정신이 지금 우리에게 있습니까? 이미 역사교과서나 박물관에 가야 찾을 수 있는 정신이 아니던가요?

시니어의 구성원들이 변하고 있습니다. 미국의 베이비부머, 일본의 단카이 세대, 한국의 베이비붐 세대들이 어느새 은퇴자의 행렬에 들어서고 있습니다. 이들은 건강하고 높은 교육 수준에 연금을 타며 자유정신이 강한 독립 세대입니다.

그러나 아직도 젊은 세대들은 노년에 대한 편견과 고정된 이미지에만 집착하고 있습니다. 누가 달라져야 할까요? 누가 먼저 생각을 바꾸어야 할까요? 노년이 행복한 시니어의 삶을 산다면 누가 가장 혜택을 볼까요?

부모님이 건강하고 즐겁게 사시면 자식들은 더 행복해집니다. 가정 중심의 효 문화를 확대하고 발전시켜 사회적인 노인복지에 힘쓴다면 우리의 노년은 더욱 밝고 활기차지겠지요.

〈유영미의 마음은 언제나 청춘〉을 진행하면서 저는 감히 소셜 디자이너(Social designer)를 꿈꾸었습니다. 내적 파워를 지닌 멋진 시니어들의 세상, 인생의 후배들에게 자신의 경험과 지혜를 아낌없이 나누어주는 시니어들의 행보, 변화하는 세상보다 더욱 빠르게 변신하는 열정파 시니어들, 100세를 바라보는 장수 시대에 여생이 아닌, 인생 후반전을 새롭게 디자인하는 시니어들의 모습과 아름답게 사는 노년을 위해 하루하루를 충실하고 즐겁게 사는 시니어들을 만났습니다.

선배는 후배들의 길잡이가 되는 사람들입니다. 이제 인생의 후배들인 우리가 선배님들을 좀 더 관심을 갖고 응원해 드리면 어떨까요?

　다시 꿈꾸는 노년을 위해, 노인이 단지 늙어가는 '낡음'이 아니라 '성숙'임을 알려주는 어르신들을 위해, 무엇보다 내적 파워를 지닌 행복한 시니어가 더욱 많아지는 대한민국을 위해 파이팅을 외쳐봅니다.

　다시 피어나라! 노년의 청춘이여.

유영미

웰빙보다 중요한 웰다잉

행복한 시니어를 위한 사회

몸으로 경험하고
마음으로 느낀 어르신 모시기

열정 가득한
인생 후반전

피카소와 카잘스, 그리고 미켈란젤로는
80대와 90대에도 여전히 작품 활동을 했다.
만약 누군가가 그들이 70대 때
"그들에게는 미래가 없다"고 말했다면 어찌 되었겠는가?

마거릿 엘웰

"나이 들어 방구석에서 침을 흘리고 있는 것보다는, 미군 육군의 낙하 전문팀인 골든 나이트 대원들과 함께 하늘을 나는 것이 전율을 느낄 만큼 즐겁다. 스카이다이빙을 함으로써, 나는 세상에 나이가 들어도 자신의 특기를 발휘할 수 있음을 알리고 싶다."

세계적으로 유명한 파워 시니어 중 한 사람인 부시를 아는가? 그는 미국 제41대 대통령을 지낸 조지 허버트 워커 부시(George Herbert Walker Bush) 전 대통령으로 우리에게는 흔히 '아버지 부시'로 통하는 인물이다.

그의 은퇴 후 삶은 정말 대단하다. 올해 85세인 부시 대통령은 지난 6월 12일, 자신의 생일을 기념해서 시도한 스카이다이빙에 성공했다.

부시의 첫 스카이다이빙은 1944년 제2차 세계대전 때 태평양 상공에서 항공기가 격추돼 비상탈출을 시도한 것에서 시작됐다. 그는 2004년 80세 생일 때도 자신의 생일을 자축하며 스카이다이빙을 했고, 83세엔 대통령 기념관 개관을 축하하는 스카이다이빙에도 성공했다.

이런 아버지 부시를 두고 가족들의 걱정도 만만치 않은데, 아들 조지 워커 부시(George Walker Bush) 전 대통령은 아버지의 계획은 멋지지만 늘 어머니를 설득하는 데 어려움을 겪는다고 토로하기도 했다.

아버지 부시는 앞으로 90세가 되면 다시 한 번 스카이다이빙에 도전하겠다고 포부를 밝혔다. 그러자 아들 부시는 "아버지가 방구석에서 침 흘리는 것보다 스카이다이빙을 하는 것이 낫다고 하는데 아마 스카이다이빙을 하면서 침도 흘릴 것"이라고 아버지를 향해 농담을 던졌다고 한다. 아무튼 용기백배한 부시 전 미국 대통령을 대단한 파워 시니어로 공인하지 않을 수 없다.

하지만 우리나라에도 부시 대통령 못지않은 파워 시니어가 있다. 바로 얼마 전 한국은퇴자협회에서 조사한 국내 최고령 택시 기사이다. 그는 90세의 현역 개인택시 기사로 1956년에 처음으로 택시 운전대를 잡은 뒤 지금까지 52년째 일을 하고 있다.

그가 자동차와 긴 인연을 맺은 것은 한국전쟁 때이다. 20세의 한 청년은 10년 동안 증기기관차에서 석탄 때는 일을 하다가 군대에서 운전병이 되면서 자동차와 인연을 맺었다. 그는 지금까지 아파서 한 달을 쉰 것을 제외하고는 매일 오전 7시에 규칙적으로 일을 시작해오고 있다. 나이가 들어서도 일을 하는 이유가 돈을 벌기 위해서라기보다는 뭐든 할 수 있다는 젊은 마음을 간직하며 살고 싶기 때문이라고 한다.

내 가까이에도 파워 시니어가 있다. 바로 우리 친정아버지이다. 며칠 전에 친정아버지는 운전면허증을 갱신하셨다. 아버지는 나이가 많다고 이제는 5년밖에 연장을 안 해준다면서 껄껄 웃으셨다. 아버지가 면허증을 땄을 당시는 운전하는 사람이 정말 귀하던 시절이었다고 한다. 1950년에 발급된 면허증이니 얼마나 자랑스럽고 대단한 증명서일까?

요즘에는 운전을 별로 안 하시지만 아직도 차에 대한 관심은 젊은이들 못지않으시다. 최근에는 고령 친화형 자동차 모델을 개발하는데 실험대상이 필요하다는 정보를 듣고는 대학에 가서 실험모델을 하시기도 했다. 젊은 사람 못지않게 순발력과 민첩성, 근력까지 좋다는 칭찬을 들었다고 연방 싱글벙글이시다. 그런 친정아버지를 보고 있자면 나까지 괜스레 기분이 좋아진다.

파워 시니어들의 행보는 계속된다. 80세에 개인작품전을 연 한 화가가 있다. 평생 그림이라곤 모르던 분이 70세에 처음 붓을 잡기 시작해서 10년 후에는 개인전을 열 정도의 실력파가 된 것이다. 70세에 물감과 화구를 처음 산 손 할아버지는 시민대학과 홍익대학교 미술교육원에서 그림 공부를 하셨다. 원래 운수업에 종사했던 그는 은퇴 후에 시민대학에서 우연히 배우게 된 서예와

미술작품을 손자 손녀에게 보여주었는데 "와, 우리 할아버지 그림 잘 그리신다!"는 말에 자극을 받고 화가의 길을 걷게 되셨다고 한다.

스케치부터 시작해 수채화를 거쳐 유화까지 공부한 손 할아버지는 〈현대미술작가 국제교류전〉과 같은 국제미술 초대전에 출품도 하시고, 신문사에서 주최하는 공모전에서는 2번이나 입선을 하셨다. 88세가 되는 해에는 미수전을 여는 일을 꿈꾸고 있다.

마산에는 68세에 바리스타가 된 할머니가 있다. 평생 가정주부로 지내다 마산 금강복지관에서 진행한 '할머니 바리스타 교육'을 받은 전 여사님은 새로운 인생을 시작한다. 매주 토요일 2시간씩 커피 제조는 물론, 에스프레소 추출 교육, 커피 종류와 토핑 암기 시험을 거치며 전문 바리스타 과정을 밟은 것이다.

지금 전 여사님은 복지관에서 운영하는 카페의 바리스타로 활약하고 있다. 요즘 그녀는 인근의 중·고등학생들과도 원활한 대화를 나눈다고 한다. 그녀가 만든 커피와 와플을 맛보기 위해 매일 가게를 찾는 학생들을 만나면서 커피를 통한 젊은이들과의 공감대를 만들어가고 있다. '인생은 도전'이라고 외치는 그녀는 국가에서 인정하는 바리스타 자격증 시험에도 도전할 계획을 갖고 있다.

파워 시니어들의 삶을 들여다보면 한 가지 공통점이 있다. 그들은 모두 자신의 인생을 사랑하는 사람들이라는 것이다. 그들은

'여생'이라는 개념에서 벗어나 노년의 삶을 충실하게 살아가는 성실함과 기쁨이 무엇인지를 알고 있는 사람들이다.

80세가 넘은 나이에도 여전히 시를 쓰는 시인 김남조 선생님은 『귀중한 오늘』이라는 시집에서 이렇게 외치고 있다.

"나는 80년을 살았는데 삶은 참 좋은 것이었고 더 좋을 것이다."

인생은 과연 무엇일까? 직장생활 30년에 이어지는 은퇴 이후 생활 30년, 그 긴 노년의 삶을 즐기는 것이 인생을 최고로 빛나게 만들어주는 하나의 가치이며 예술이 아닐까.

나눔, 은퇴 이후의 삶을
아름답게 만드는 방법

"은퇴를 축하합니다!"

"선배님 좋으시겠어요!"

"완전 자유네요. 부러워요!"

이런 소리를 들으며 정년을 맞이할 수 있다면 참 좋겠다. 아직까지 우리 사회는 은퇴가 특권이 아니라 두려움과 괴로움의 길로 통하니, 누가 과연 은퇴하는 날을 손꼽아 기다리겠는가? 25년에서 30년 동안 하나의 직업을 갖고 전문성을 키움과 동시에 자식 기르랴, 집 장만하랴, 노후 자금까지 마련하며 살라 치면 참 빠듯한 게 현실이다.

비정규직이 늘어나는 요즘 상황을 보면 그나마 지금의 은퇴자들은 소위 '88만원 세대'라고 불리는 젊은 세대의 미래보다 더 행복하게 보이기도 하지만, 어쨌든 모두들 힘겨운 터널 속에 갇혀 있는 현실이라는 점은 별반 다르지 않다.

은퇴자 자신이나 은퇴자를 바라보는 시선은 희망보다는 절망, 밝음보다는 어두움, 기대보다는 실망, 자유보다는 할 일 없음, 혹은 시간을 죽이며 무기력하게 있는 모습이 더 많은 것 같다. 노후생활 전문가가 은퇴자들에 대한 교육 프로그램 속에서 그들과 진솔한 이야기를 나눌 때 가장 많이 느끼는 것은 은퇴자들 대부분이 두려움을 느끼고 있다는 것이다.

두려움의 실체는 무엇일까? 사실 사람들이 제일 두려워하는 것은 한치 앞을 알 수 없을 때이다. 사람은 경험해보지 못한 것을 가장 먼저 경계한다. 같은 맥락에서 사람은 희망이 없는 세계를 무서워한다. 늙음이나 죽음을 쉽게 담론화하지 못하는 것도 그것의 이미지에 어두운 그림자가 깊고 길게 드리워져 있어서 도저히 마음을 열어 받아들이고 이야기할 수 없는 것이다.

요즘 은퇴자들 사이에 떠도는 유머가 있다. 은퇴 후에 가야할 곳들을 정리한 것인데, 가장 먼저 하바드대학교를 나온 뒤 예일대학교를 거쳐야 한다고 한다. 그리고 아시아로 오면 동경대학원과 방콕대학교가 기다린다고 한다. 이게 도대체 무슨 말인고 하니, '할' 일 없이 '바'쁘게 '드'나드는 곳이 하바드, '예'정대로 '일'정을 소화해야 하는 곳은 예일대, 다음은 '동'네 '경'로당 출석, 그리고 '방'에 '콕'! 틀어박혀 있게 된다는 것이다. 재미있는 유머지만 그 속에 담고 있는 현실은 꽤 씁쓸하다.

유머는 계속된다. 정년 후에 붙은 다양한 명칭들이 있는데, 화백, 장로, 목사가 바로 그것이다. 그런데 그냥 화백, 장로, 목사가 아니다. 화백은 화려한 백수고, 교회에 다니든 안 다니든 '장'기간 '노'는 사람은 장노(장로)다. 목사는 또 뭔가. 목적 없이 사는 사람이 목사다. 이쯤 되면 기독교 편향이라 할 테니 불교 쪽으로도 가야겠다. 바로 '지공선사'다. '지'하철 '공'짜로 타고 경로석에 정좌하여 눈감고 참'선'하니 제대로 된 지공선사가 아닌가?

이런 웃자고 하는 우스갯말과는 달리 은퇴자들은 매우 불안하다. 준비 없이 흘러오다보니 어느새 정년을 맞고야 마는데, 매스컴에서 말하는 은퇴준비자금이란 것은 더욱 사람을 비참하게 한다. 나이가 들면 돈을 벌 수 있는 기회는 더욱더 없어지는데 어디서 그 많은 억대 자금을 마련한단 말인가?

경제력은 노년을 보내는 데 있어 중요한 요소다. 그러나 경제력만 있으면 다 행복한가? 그것도 절대 아니다. 돈이 많아도 불행하다고 느끼는 노년이 많다. 물론 돈이 없으면 더욱 비참해지지만 돈이 다는 아니란 뜻이다.

봉사와 나눔은 은퇴자의 존재감을 더욱 확실하게 해준다. 자원봉사자의 천국인 미국에서는 자원봉사자의 역할이 업무보조자 정도의 소극적인 역할에서 벗어나 실무적인 전문가 집단으로 자리매김하고 있다. 자신의 재능과 능력을 기부하고 봉사하는 것처럼, 나눔은 삶에 새로운 보람과 열정을 준다는 얘기다.

세계 최대의 부자라는 말을 들은 록펠러는 43세에 미국 최고부자가 되었고, 53세에 갑부가 됐지만 행복하지 않았다. 53세에 그는 불치병으로 1년 이상 살지 못한다는 사형선고를 받았다. 그러던 어느 날 검진을 위해 휠체어를 타고 가다 병원 로비에 실린 '주는 자가 받는 자보다 복이 있다'라는 글을 보고 감동을 받는다. 그때부터 록펠러의 기부는 시작되었고 신기하게도 그는 98세까지 살면서 선한 일에 힘썼다. 록펠러의 회고전을 보면 이런 글이 나온다.

"인생 전반기 55년은 쫓기며 살았지만 후반기 43년은 행복하게 살았다."

기부는 최대의 기쁨이다. 하지만 누구나 록펠러가 될 수는 없다. 그러나 누구나 자신만이 가진 특별한 무언가가 있다. 그것들을 최대한 열자. 최선을 다해 나누자.

내 주변에는 자신이 가진 것을 아낌없이 나누어주고 있는 사람이 있다. 바로 나의 친정아버지다. 친정아버지가 은퇴 후 장노 생활에 적응하지 못하자 우리 가족은 모두 불안했다. 평생 근면하고 성실하신 아버지를 보던 가족들은 아침 식사 후 스케줄이 없는 아버지를 뵙기가 민망했다. 아버지 역시 그런 가족의 시선을 몹시 어색해하셨다.

그러던 어느 날 아버지는 공부를 하시기 시작했다. 일본에서 태어나 십대에 한국에 오신 아버지는 청소년기에 격동의 현대사를 함께 겪으며 교수로서의 꿈에서 점점 멀어져갈 수밖에 없었다. 우리 가족 중 머리가 제일 좋은 사람, 공부를 제일 잘하는 사람도 아버지였는데, 주변 상황으로 인해 학업을 계속하지 못하셨다. 이런 아쉬움을 뒤늦게나마 달래려 했는지 은퇴 후에 아버지는 일본어를 열심히 공부하셨고, 결국 71세의 연세로 일본어 능력시험 1급에 떡 하니 붙으셨다. 젊은 친구들도 1급을 따려면 머리가 하얘진다고 하는데 아버지는 젊은 친구들과 함께 겨루어서 392명 중 3등을 하셨으니 정말 대단할 뿐이다.

최고령에 우수한 성적으로 합격해 가족 모두를 놀라게 한 친정아버지. 이후 친정아버지의 삶은 날개를 달았다. 아파트 단지의 아동들에게 일본어를 가르치는 봉사를 하셨고 일본에 나가는 유학생들에게 최신 정보를 전해주셨으며 지금은 노인대학에서 유능한 선생님으로 기쁘게 봉사하고 계신다. 60세 이전의 삶은 가족의 생계를 책임지는 고단한 삶이었지만, 60세 이후의 삶은 아버지 개인의 꿈을 이루어가는 즐거운 삶이 된 것이다.

멋지게 늙는다는 것은 결코 돈이 전부가 아니다. 우리 친정아버지를 보아도 충분히 행복해하시니 말이다. 노년은 겨울나무와도 같다. 기품이 있고 봄의 생기를 만들어주는 겨울나무 말이다. 노년 세대는 나눔이라는 방식을 통해 아무리 나이가 많다 해도 이 사회의 구성원으로 남을 수 있다. 은퇴란 없다. 단지 직업과 삶이 이전의 방식과 달라질 뿐이다.

노년 세대들 중에는 비영리단체에서 일하는 사람들도 많다. 미국에는 114만 개, 일본에는 34만 개의 비영리단체가 있는데 우리는 그 규모가 적어 겨우 2만 개 정도이다. 그러나 사실 비영리단체는 설립 조건이 없기 때문에 자기가 원칙을 정하고 허가

나 등록을 할 필요도 없이 그저 명함 하나 만들고 간판 하나만 걸어 시작하면 된다.

예를 들어 희망제작소의 '해피 시니어 프로젝트'가 대표적이다. 이 프로젝트는 은퇴자의 새로운 희망이며 퇴직자의 블루오션이다. 저소득계층 자녀 돕기, 고궁 살리기, 전통요리 전수하기, 독거노인 돕기, 암벽등반법 전수하기 등 각자의 재능에 맞는 비영리단체를 만들어 활동하면 된다.

한번은 노인연구모임에 가서 아주 인상적인 자원봉사 명함을 받은 적이 있다. '이것만은 자신 있어요'라는 명함이었는데, 60대의 한 여사님이 건네준 것이다. 그녀는 대한민국에서 제일 정통성 있고 맛있는 식혜 만들기를 전수할 수 있고, 고전음악에 관해 수다를 떨 줄 아는 분이셨다. 그리고 자신을 비발디 환경 할머니라고 불러주면 매우 좋아하셨다.

우리 사회에 새로운 은퇴자들이 서서히 탄생하고 있다. 젊은 세대에게 나도 저렇게 늙고 싶다고 부러워할 수 있는 모델이 되는 시니어들이다. 멋지게 늙는 기술을 아는 시니어. 그들은 늙는 것이 두렵지 않으며, 늙는다는 것은 당연한 일이고, 내 힘으로는 어쩔 수 없는 길이기에 오히려 현실의 삶을 직시하며 더욱 성실하게 나아갈 뿐이다. 은퇴자들이여, 과거의 직업은 60세 이전의 리허설이라고 생각하자. 은퇴 이후의 삶이 진짜 생방송이다.

스테레오타입은 NO

어르신들에게 이와 같이 물으면 젊은 세대들과 관심과 취향이 전혀 다를 때 나이가 들었다고 느낀다고 말씀들을 하신다. 나 역시 어르신 대상 프로그램을 15년 이상 하다보니 너무 한쪽으로만 관심이 몰리는 것은 아닌가 하는 생각을 할 때가 있다. 상큼한 30대에 〈유영미의 마음은 언제나 청춘〉(이하 〈청춘〉)이라는 프로그램의 진행을 담당하게 되었는데, 첫 방송 때 처음 나간 곡이 최희준의 〈진고개 신사〉라는 노래였다.

그때는 이 노래가 정말 낯설었다. 진고개가 어딘지도 모르겠고 왜 그 고개에는 신사들이 다니는지도 몰랐던 때였다. 하지만 〈청춘〉을 진행하며 나는 많은 것을 배우고 알아갈 수 있었다. 영화인의 거리이자 패션의 중심지인 충무로와 명동 소공동길을 걷고, 남인수, 이난영, 고복수, 현인, 패티김, 이미자 선생님과 같이 부모님 세대에서 가장 인기 있었던 가수들의 노래를 듣다보니 어르신 세대를 조금이나마 이해하게 되는 것 같았다.

어느 날에는 집에서 TV를 보고 있는데 남편이 퇴근 후 날 보더니 "이젠 정말 노인 취향이 다 됐네" 하며 놀린 적도 있을 정도다. 그 많은 프로그램 중 〈가요무대〉를 틀어놓고 편안한 얼굴로 시청하는 내가 웃기기도 하고 재미도 있었나 보다.

흘러간 옛 노래는 요란하지 않아서 좋다. 그리고 무엇보다 심금을 울리는 절묘한 가사가 마음을 적신다. 통기타 소리의 리듬이 얼마나 매력적인지. 가끔 내 차를 타는 사람들은 남인수에서 빅뱅에 이르는 다종다양한 선곡에 놀라곤 한다.

비오는 날 기분도 꿀꿀한 날엔 '못생긴 미련'을 외치는 남인수의 〈애수의 소야곡〉을 들어보라. '운다고 옛사랑이 오리요마는 눈물로 달래보는 구슬픈 이 밤 고요히 창을 열고 별빛을 보면'이라고 애타게 부르는 남인수는 한국가요 100년사에 길이 남을 가수왕이다. 훗날 사랑과 의리의 여왕으로 유명해진 이난영 씨와의 열애는 물론이고 폐결핵으로 세상을 떠난 후에도 가요팬들에게 아쉬움으로 남는 가수다. 노래도 음식과 마찬가지로 나이가 들면서 신토불이가 되는 것 같다.

1930년대 트로트는 그 당시 신문화였다. 지금의 힙합처럼 당시에는 새로운 문화였고 당연히 그 노래에 심취하는 사람들은 유학파들과 같은 유행을 선도하는 이들이었다. 그런데도 올드팝을 들으면 왠지 지식인처럼 보이고 흘러간 옛 노래나 트로트를 들으면 구닥다리처럼 보이는 것은 왜일까? 그리고 구식이 꼭 나쁜 건가? 취향의 문제 아닌가?

난 레트로가 좋다. 아직도 다 망가진 턴테이블을 버리지 못하고 낡아버린 LP판을 남겨두고 있다. 디지털 세대가 득세한다지만 아날로그 세대로서 낭만과 감성을 놓고 싶지 않다. 휴대폰 문자메시지도 환영하지만 1년에 한 번 연하장을 받는 기쁨 또한 쏠쏠하다. 개성을 존중하는 젊은 세대들은 당연하게 여기면서 노인 세대들의 취향이라고 하면 무시하는 경향이 있다. 백인백색이라고 말하면서도 노인들에게는 한 가지 컬러, 한 가지 취향만 강요하는 것 같다.

최근에 이색 실버댄스 강좌가 좋은 반응을 얻고 있다고 한다. 기존의 실버댄스라면 추억의 음악이나 민속음악이 주를 이루었는데, 모 백화점 문화센터에서는 50대에서 80대까지의 여성 수강생들이 신세대의 노래에 맞추어 춤을 춘다. 신세대들이 부르는 빠른 템포의 노래에 맞춰 춤을 추는 할머니들의 모습을 상상해보라. 웃음도 나오고 귀엽지 않은지?

손주들에게 인기짱인 한 할머니는 가족들 앞에서 이 춤 한 번이면 스타가 된다고 한다. 원더걸스의 〈노바디〉에 맞추어 춤을 추면 운동도 되고 삶이 즐거워져서 기분이 짱이라고 한다. 양손으로 온몸을 쓸어내리는 웨이브 동작은 가수 이효리도 울고 갈

정도의 실력이다. 백지영의 〈입술을 주고〉에 맞춰 연습 중인 여사님들의 모습은 흥겹다.

실버댄스는 나이가 들수록 굳어지는 근육을 풀어줌과 동시에 세대를 하나로 묶어주는 통합의 춤이기도 하다. 손자 손녀와 함께 그들의 문화를 이해하고 대화도 되는 어르신들이 정말 멋지지 않은가? 단지 실버댄스 하나를 배웠을 뿐인데 가족들의 반응이 달라진다면 해볼 만한 것이 아닐까?

내 나이 또래의 중년은 당연히 〈붉은 노을〉 하면 이문세를 생각하지만 실버댄스를 추는 할머니들은 빅뱅의 〈붉은 노을〉을 더 친숙하게 여기니 이 정도면 중년을 넘어 노년의 세계가 오히려 더 다양하고 재미있다는 생각이 든다.

실버댄스 강사는 문화강좌를 처음 열 때는 노인 취향의 노래만 선곡했는데 요즘 히트하고 있는 노래를 틀어놓고 연습을 하니 어르신들이 더 젊어지는 것 같다는 반응을 보여서 깜짝 놀랐다고 한다.

사실 문화라는 것은 다양한 스펙트럼을 갖고 있다. 그러니 노인 하면 생각나는 정형화된 고정관념은 이젠 버릴 때가 된 것 같다. 그저 각자의 개성을 발휘해 즐거움을 얻을 수만 있다면 그게 최고가 아닐까?

할머니와
핑크색 립스틱

젊은 여성들이 메이크업과 헤어, 패션에 관심이 많다면 나이든 여성들은 어디에 관심이 많을까? 물론 건강이다. 그러나 나이가 많든 적든 여자라면 건강만을 위한 기능성 제품보다는 건강과 아름다움이 함께 있는 제품에 관심이 가는 것이 당연하다.

나는 일본 여행을 할 때면 꼭 실버용품점을 찾게 된다. 주로 실버타운이나 요양원에 있는 가게가 가격도 합리적이고 디자인도 다양하다. 그런데 실버슈즈라고 하면 발의 편안함에만 치중해서 맵시가 너무 안 나는 단점이 있다.

물론 관절이 안 좋은 분들에겐 선택의 여지가 없지만 끝까지 아름다움을 포기하고 싶지 않은 여성들에게는 선택의 폭이 너무 좁다. 컬러만 해도 검은색과 회색이면 더 이상 고를 색상이 없다. 노인들이 젊어지려고 빨간색을 선호한다지만 실제로 그런

빨간 신발을 신게 되면 촌스러운 노년의 모습이 되고 만다.

하지만 나이가 들었다고 해도 여성으로서의 감성은 변치 않는 법이다. 다행히 일본에 있는 실버용품점에 갔더니 분위기가 화사해서 그 밝은 색상에 서운한 마음이 좀 수그러들었다.

그곳에는 늙어가는 노인의 불편함을 해소하는 것에만 치중한 것이 아니라, 한 사람의 여성으로서 자존감을 가질 수 있도록 여러 면에서 신경 쓴 제품들이 많았다. 노인용 신발만 해도 5월의 신부를 꿈꾸는 파스텔색의 작은 꽃무늬 신발부터 신고 벗기 편리한 디자인을 가진 신발까지 매우 다양했다.

노인을 대상으로 하는 프로그램을 진행하다보니 5월 어버이날이 오면 효도용품을 추천해달라고 문의를 하는 분들이 많다. 사실 그럴 때마다 나는 명쾌하게 추천해줄 수 있는 물건들이 너무 없다는 것을 절감한다. 노년층을 위한 물건들은 대체로 너무 조악하다. 디자인도 형편없고 그것을 선물받았을 때 어르신들의 만족감이 그렇게 크지 않다. 자녀들의 효도 선물이니 고맙지만 그 활용도는 좀 떨어진다는 것이다.

멋쟁이는 보기 좋다. 멋을 낸다는 것은 삶에 열정이 남아 있다는 증거다. 누가 어떻게 봐도 상관없다고 생각하는 노년이 아니라 젊은이들마저도 저렇게 늙고 싶다는 생각이 들게 하는 아름다운 모습은 정말 축복이라고 생각한다.

도쿄에서 전철로 40분 정도의 거리에 있는 요양원들은 도심에서 멀지도 않으면서 한적하고 정갈한 모습을 많이 유지하고 있다. 깨끗한 거리에서 자전거를 타는 여인네들과 노인들의 밝은 표정이 부럽다. 점심시간이 되면 요양원 근처 예쁜 커피숍에 노인들이 한껏 멋을 내고 커피를 마시러 들어온다. 백발에 화이트 의상을 차려 입고, 핑크색 립스틱을 바르고, 연녹색 스카프까지 맨 할머니들! 할머니라고 보기엔 너무 고운 색으로 무장한 그 노년의 여성들은 아름다웠다. 발걸음도 리드미컬한 그들을 한참 동안 바라보면서 나는 은근히 부러웠다.

패션은 젊음의 산물만이 아니다. 아름답게 늙는다는 것은 본인의 노력 없이는 절대로 되지 않는 것이니 말이다. 그리고 그 아름다움을 유지할 수 있는 마음의 여유와 약간의 경제력, 노인들을 위한 향상된 복지, 그리고 노인에게 친절한 사람들이 필요하다.

그 할머니들에게 온통 마음을 빼앗겼다가 문득 정신을 차리고 보니 그 커피숍에는 정말 많은 노년들이 수다를 즐기고 있었다. 갑자기 커피 값도 아끼며 자녀 사랑에 온 정성을 다한 우리네 어머님들이 생각났다. 친구 분들을 만나면 점심은 드시지만 커피 값에는 돈 쓰기 아까워하는 알뜰살뜰한 우리 어머니들. 이젠 어머니들이 절약도 좋지만 가끔은 좀 호사를 부리셨으면 좋겠다.

자신은 전세방에 살면서 평생 김밥을 말아 번 돈으로 이 땅의 젊은이들에게 내어놓는 할머니의 희생도 감사하지만 그것보다는 자신의 여생을 즐길 줄 아는 여사님들이 더 많아졌으면 좋겠다. 기부는 기업이 더 많이 하고, 할머니의 그 귀한 돈은 어려운 할머니들과 함께 즐기는 데 쓴다면 더 가치가 있을 것이다.

멋쟁이 노인의 모습으로 치장하고 나타나 커피도 마시고 대화도 나누고 데이트도 하는 실버 전용 커피숍, 나이 65세가 안 되면 절대로 입장할 수 없는 연령 제한제의 멋스러운 장소, 그런 곳이 많아졌으면 좋겠다. 아름다운 노년을 보내는 멋쟁이 할머니, 할아버지를 거리에서 더 많이 만나고 싶다.

'할아버지의 부엌'에
숨어 있는 자유와 독립

남성들이 주방에서 요리하는 것을 볼 때 어떤 생각이 드는가? 요즘 젊은이들이야 자연스럽고 섬세하고 멋지다는 표현을 하겠지만 어르신들은 남자가 부엌 근처에만 가도 눈치를 보는 풍토 속에서 지냈다. 무언가 부족한 남자들만이 주방을 기웃거린다고 생각하던 그 시절 말이다. 그러나 세상이 바뀌어 요즘에는 남자가 자그마한 요리라도 하나 하면 칭찬해주고 관심을 표명하는 분위기다.

남자가 요리를 해야 하는 가장 절박하면서도 중요한 이유는 독립적인 생활을 하기 위함이다. 일본에서는 몇 해 전 『할아버지의 부엌』이라는 책이 많은 독자들의 공감을 불러일으켰다. 친정어머니가 돌아가시자 홀로 남은 친정아버지는 그야말로 혼자서는 아무것도 하지 못하는 사람이었다. 딸은 아버지를 부양하고 싶었지만 그것 역시 수월하지가 않자 아버지에게 밥하는 법, 세탁기 돌리는 법, 간단한 요리를 만드는 법 등을 알려드린다. 언제까지나 어머니가 아버지 옆에 계시면서 돌봐드릴 줄 알았는데, 어머니가 세상을 떠난 뒤 아버지의 삶은 정신적으로나 일상생활에 있어서나 너무 견디기 힘든 상황에 빠진 것이다. 그래서 이런 상황을 미리 대비했더라면 하는 생각에 『할아버지의 부엌』이란 책을 만들어 기본적인 생활에 대비하지 못한 시니어 남성의 고단함과 일상생활의 어려움을 정리한 것이다.

여성들의 경우에는 혼자된다는 일에 있어서 남성들보다 오히려 적응력이 더 빠르다. 늘 누군가를 돌봐왔던 여성의 특성 탓에 누구로부터의 보살핌을 받기보다는 스스로를 관리할 줄 알기 때문이다. 하지만 남성들은 그렇지 못하다.

그런데 은퇴 후에 요리하는 새로운 재미에 빠진 시니어들이 있다. 만 60세 이상 남성을 위한 요리교실 '골드 쿡'에서 요리를 배우는 남성들이 바로 그들이다. 사실 평생 부엌에 들어가본 적도 없는 그들은 소금과 설탕을 구분하기는커녕 주방세제와 식용유도 구분하지 못한다. 그런 남성들이 기본적인 요리를 배워가면서 새로운 세계를 접하고 있다.

이 프로그램을 시범 운영한 박 소장은 "노인 급식소를 찾는 혼자 사는 노인 중에는 돈이 없어서가 아니라 밥을 할 줄 몰라서 온 사람도 있다."는 놀라운 말을 했다. 사실 은퇴 후의 남성들이 부인에게 딱 들러붙은 '젖은 낙엽'이 되는 이유도 아내의 자유로운 사회생활에 부담이 되기 때문이 아닌가? 노인복지관에 와서도 남편 밥 차려줄 생각에 자유롭지 못한 여성들이 가장 가여운 어머니들 아닌가? 60세 이전의 삶이 부부유별의 삶이라 남성은 가정경제에 힘을 쏟고, 여성은 자녀교육과 가정생활의 모든 면을 책임졌다면 60세 이후의 삶은 새로운 패러다임으로 만들어가야 하지 않을까 싶다.

요리의 즐거움을 배워 아내의 생일날 미역국을 끓여주는 남편, 손자 손녀에게 떡볶이를 해줄 수 있는 할아버지, 딸에게 커피를 맛있게 타주는 친정아버지. 이 얼마나 멋진 모습인가!

요리는 시니어 남성의 삶을 의존적이 아닌 독립적으로 만드는 창의적인 일이다. 요리는 무엇을 만들까 계획하기 위해 머리를 쓰고, 손으로는 재료를 다듬고 썰면서 끊임없이 움직여야 하며, 보글보글 끓는 음식 냄새를 맡기 위해 후각도 예민해야 하는 바쁜 과정이다. 따라서 요리를 하면 당연히 치매도 예방할 수 있다. 또 먼 훗날 혹시라도 아내가 먼저 세상을 떠났을 때에도 당황하지 않고 안정할 수 있는 준비 과정이기도 하다.

여성들이여! 남편을 사랑한다면 그들을 먼저 주방으로 보내라. 내 몸을 편하게 하기 위해서가 아니라 혹시 모를 미래를 대비하기 위함이다.

남성들이여! 새로운 세계는 꼭 멀리 있는 것이 아니다. 서재에만 거실에만 세계가 있는 것이 아니라 아내가 늘 바쁘게 움직이는 주방에도 있었다는 사실을 뒤늦게 깨달을 것이다.

요리로 창의적인 세상을 경험해보자. 사랑하는 사람을 위해서 만드는 요리의 참 맛도 경험해보자. 또 늦게나마 주부의 맛도 느껴보자. 평생 해온 남성적인 일에서 벗어나 자유로운 인생, 남녀의 고정된 성역할에서 벗어난 참 자유인이 되는 지름길이 바로 요리에 있다.

　노년은 무료하다. 비교적 은퇴 프로그램이 잘 되어 있는 일본에서 은퇴자를 위한 교육을 하며 조사를 한 자료가 있다.

　20세에 입사해서 60세 정년을 한다고 가정할 경우 1년에 2천 시간을 일한다. 40년 동안의 근무시간을 계산해보니 8만 시간이 나왔다. 60세에 정년퇴임해서 80세까지 건강하게 활동한다고 가정할 경우 은퇴자들은 밥을 먹고 신문을 보고 산책하는 등의 소소한 시간을 모두 제외해도 하루에 11시간을 무료하게 보낸다는 결론이 나온다. 이 시간들을 20년 동안 계속한다고 가정할 경우 총 8만 300시간을 무료하게 보내야 한다. 회사를 다니며 일하던 40년과 은퇴 후에 무료하게 보내는 20년이 거의 비슷하다는 충격적인 결론이다.

　하지만 은퇴는 인생의 새로운 출발이다. 무료하게만 보낼 수 없는 일이다. 은퇴 후의 삶이 보다 즐겁고 활기차려면 은퇴 이전과는 전혀 반대인 삶을 살아가는 것도 하나의 방법이다.

일본에는 이색적인 직업을 가진 파워 시니어가 한 명 있다. 73세인 도쿠다 시게오 씨는 일본에 수많은 중년 여성 팬을 거느리고 있는 '성인 비디오' 배우로 왕성한 연기를 펼치고 있다. CNN 뉴스 인터넷판은 도쿠다 씨를 소개하면서 "65세 이상의 노인 인구 비율이 세계에서 가장 높은 일본에서는 성인용 비디오도 노령화되는 사회의 수요에 맞춰가고 있다"고 전하고 있다.

원래는 전직 여행사 직원이었던 도쿠다 씨는 은퇴 후 할 일이 없어 고민하던 중 여생을 즐기며 보내고 싶어 성인 비디오 배우가 되기로 결심했다고 한다. 때마침 중·장년층을 위한 비디오를 기획하던 루비 프로덕션과 손을 잡고 이 장르에서 폭발적인 인기를 끌게 된다. 시니어를 위한 비디오 제작에 착수한 루비 프로덕션은 50~60대 배우를 기용하면서 성공을 예감했고, 현재는 양로원을 대상으로 한 비디오 영업까지 고려하고 있다. 이미 미국에도 진출해 방영 계획을 마무리한 상태다. 루비 프로덕션의 가도와키 사장은 노인용 성인 비디오의 인기 비결에 대해 "노인 시청자들이 같은 연배의 배우가 출연하는 비디오를 보고 안정된 마음을 갖게 되는 것 같다"고 말한다.

도쿠다 씨는 2004년부터 노인시리즈 작품을 하면서 심근경색을 앓기도 했지만 지금은 오히려 은퇴한 다른 노인들보다 육체적으로 건강하다. 그는 현재 도쿄에서 부인과 딸과 함께 살고 있다. 도쿠다 씨는 여든이 넘어서까지 이 일을 하길 바란다며 끝까지 최선을 다할 것이라고 이야기한다.

사실 도쿠다 씨의 선택은 일반 시니어들의 경우와 견주어보았을 때 파격적인 도전이다. 지루함과 무료함 대신 과감한 선택을 하고 새로운 모험을 한 도쿠다 씨는 종전과는 확 달라진 새로운 삶을 살아가고 있다.

생각해보니 일본은 참 다양한 시장을 갖고 있지 싶다. 시니어들을 위한 성인 비디오의 수요도 예측하여 기획하고, 이에 맞추어 시니어 에로배우도 등장하고 있으니 말이다. 게다가 그것이 음성적으로 거래되는 것이 아니라 요양원이나 노인병원에서 노년전문가의 기획 아래 엄연한 하나의 프로그램으로 활성화되고 있으니 더더욱 주목할 만하다.

사실 맨 처음 시니어 에로물을 노인요양원에서 상영했을 때 노인들의 반응은 천차만별이었다고 한다. 망측하다는 반응부터 젊은이들이 뭐라 할까 근심하는 시니어들도 많았다고 한다. 그런데 상영 후 횟수를 더할수록 긍정적인 반응을 보이며 급기야는 상영 일자를 손꼽아 기다리는 사람들이 점차 많아지고 있다고 한다.

노년의 성을 꼭꼭 벽장 속에 숨겨두는 것만이 능사는 아니다. 젊은이들의 성과 마찬가지로 자연스럽게 받아들이고 개방할 때 오히려 건강한 성이 표출될 수 있다.

신체의 기능에 맞게 사랑을 느끼고 받아들이는 삶, 그것을 이해하고 프로그램화하는 노년전문가들이 존재하는 일본의 경우

처럼 노년의 삶과 성을 사회가 함께 이해할 때 노년의 성 문화
는 꽃피우게 될 것이다. 파격적인 변신은 노년의 즐거운 삶을
위한 또 다른 도전이다.

스텝과 리듬 안에
담긴 특효 성분

노년의 우울증은 심각하다. 노년의 70퍼센트 이상이 우울증을 경험한 일이 있다고 한다. 우울증이 생기면 소화도 안 되고 심한 두통이 오기도 하며 무엇보다 의욕이 없어지고 자신감도 사라진다. 우울증이 생기면 사람 만나는 것도 귀찮아지고 더욱 소심해지기도 한다. 노년의 우울증을 대부분의 노년이 겪게 되는 자연스러운 현상이라고 생각하면 치료는 더욱 어려워진다.

우울증은 불치병이라 생각하는데 사실 틀린 말이다. 병적인 우울증을 앓아도 정확하게 처방된 약을 먹고 충분한 치료 기간을 거치면 완치 가능성이 90~95퍼센트라고 의사들은 말한다. 또 우울증 약을 먹으면 부작용이 많다는 것도 모두 옛말이다. 90년대 사용된 우울증 약 중에는 잠이 쏟아지고, 성욕도 떨어지면서, 멍한 기분이 지속되는 부작용이 있었지만 요즘에는 약이 좋아져서 부작용이 많이 줄었다고 한다.

무엇보다 우울증의 가장 무서운 적은 '침잠'이다. 주위와 소통하지 않고 자신의 우울한 세계에 무조건 빠지는 것이다. 그래서 늘 명랑한 마음을 갖는 것이 아주 중요하다. 마음을 다스리는 것은 만날 사람이 점점 줄어드는 노년에 꼭 갖춰야 할 자세다. 좋은 일이 많아서 웃는 것이 아니라 웃다보면 오히려 힘들고 어려운 일도 쉽게 툴툴 털어낼 수 있는 것이다. 따라서 노년의 우울증 털어내기 그 첫 번째 조건은 명랑한 마음을 갖는 것이다. 그렇다면 다음은 무엇일까?

바로 몸을 움직이는 것이다. 적당한 운동은 신체는 물론 정신까지 건강하게 만든다.

최근 영국에서는 춤이 건강에 미치는 긍정적인 효과가 알려지면서 춤을 추는 인구가 폭발적으로 증가하고 있다. 영국예술위원회의 조사에 따르면 지난 4년간 춤에 빠진 영국 사람의 비율이 83퍼센트나 늘었다고 한다. 영국심장재단은 일주일에 5일 정도 하루 30분 춤을 추면 심장마비의 위험을 반으로 줄일 수 있다고 발표했고, 이탈리아 의학자들은 일주일에 3회 춤을 추면 같은 시간 러닝머신을 뛰거나 자전거를 타는 것과 같은 효과를 얻을 수 있다는 연구결과를 발표했다.

노년이 되면 통장의 돈은 줄어들고 시간은 많아지는 나날이 계속된다. 남아도는 여가시간을 알차게 보내려면 노인복지관에 등록하는 것이 제일 좋다. 복지관 프로그램들이 다양하게 구성되어 있어 각자의 개성과 취미에 맞게 선택할 수 있으니 말이다.

〈청춘〉의 팬클럽인 〈청춘클럽〉의 한 어르신도 정년 후 대부분의 남성들이 겪는 우울증과 사회에서 밀려났다는 소외감으로 한동안 힘들어했다. 게다가 관절까지 안 좋아져서 신체로 느끼는 불편함이 우울증을 심화시켰다.

그러던 중 우연히 가입하게 된 댄스스포츠 동호회에서 요즘 새로운 기쁨과 활력을 얻고 있다. 자이브, 차차, 탱고, 룸바까지 댄스의 세계는 무궁무진하다. 침침하고 어두운 실내가 아닌 환하게 켜진 조명 아래서 미끄러지듯 날렵하게 댄스 스텝에 몰입하다보면 어느새 땀이 비 오듯 쏟아지고 기분은 상쾌해지며 관절 통증은 오히려 없어진다고 한다. 특히 남성 노인이 절대적으로 부족한 댄스 스포츠의 세계에서 남성 지원자들은 자연스럽게 왕자님으로 대우받을 수 있다.

왠지 우울하다. 만나는 사람도 별로 없다. 몸은 여기저기 쑤신다. 그렇다면 지금 즉시 움직이자. 방법은 결코 어렵지 않다.

첫째, 노인복지관 댄스 프로그램에 등록한다.

둘째, 모임에 나간다.

셋째, 모임에 간 이상 열심히 스텝을 밟고 리듬을 느낀다.

우울모드가 명랑모드로 확 바뀌는 새로운 세계가 바로 여러분을 기다리고 있다.

컴퓨터는
내 친구

'인간은 항상 외롭다.'

이 말 속에는 인간은 항상 누군가와 소통하고 싶어 한다는 의미가 숨어 있는 것 같다. 그래서 얼굴을 아는 사람들보다 마음을 알아주는 한 사람이 더 소중하고 그런 사람과의 만남은 가치 있는 만남이 되곤 한다.

외로운 노년의 친구가 된 〈청춘〉이라는 프로그램을 진행하면서 나는 수많은 어르신들의 편지를 받는다. 스튜디오에서 15년이라는 시간 동안 전국의 어머니 아버지들의 사연을 전하면서, 노인들의 마음 상태와 생활을 좀 더 깊이 이해하게 되었다.

편지는 속마음을 털어놓게 만드는 낭만적인 도구다. 〈청춘〉에 신청곡을 엽서로 보내오는 어르신들은 마치 소풍 가기 전날의 아이처럼 달력에 신청날짜를 표시해놓고 기다리는 기쁨이 무엇인지 아는 분들이다. 편지지가 없어서 누런 갱지에 마음을 담아 온 할머니의 사연도 소중하고, 학창시절에 불렀던 〈금발의 제니〉를 틀어달라며 여고생처럼 예쁜 편지지에 사연을 담은 백발소녀의 예쁜 마음도 귀엽다. 다소 권위적인 우편엽서에 남성적 필치로 담담하게 남인수의 〈애수의 소야곡〉을 청한 노신사의 숨겨진 마음도 궁금하다.

그런데 언제부턴가 〈청춘〉에도 작은 변화가 일어났다. 노인복지관 컴퓨터 강좌를 통해 어르신들이 편지 대신 인터넷으로 사연과 신청곡을 보내기 시작한 것이다. 처음 인터넷으로 라디오에 보내는 사연과 신청곡이 얼마나 신기하고 재미있는지, 정말 이야기가 잘 도착할까 궁금해하는 노인들의 표정과 그런 마음을 읽는 즐거움이 솔직히 정겹다.

그러나 노인들은 새것을 체질적으로 싫어한다. 배우는 데 시간이 걸리고 어렵고 불편하기 때문이다. 그래서 처음으로 컴퓨터를 접하는 노인들은 대부분 불안하고 두려운 마음을 가진다.

하지만 인터넷 통신을 배우는 일을 포기하지 말아야 한다고 당부하고 싶다. 노인들에게 인터넷은 새로운 세상과 친구를 만나는 만남의 장이 되기 때문이다.

〈청춘클럽〉의 회장님인 나무꾼님. 나무꾼은 온라인에서 사용하는 닉네임이다. 나무꾼님은 자녀들이 해외에 나가 살면서 혼자 있는 시간이 많아지셨다. 마음은 청춘이지만 밖에 나가 누구를 만나는 것이 귀찮아지는 날이 많아지면서 컴퓨터와 친해지셨다고 한다.

그는 무궁무진한 정보를 가진 컴퓨터라는 도구를 통해 방 안에서 세계를 들여다보고 메일을 주고받는다. 굳이 비싼 돈을 들여가며 전화를 하지 않아도 손자들과 대화를 하고, 아들네 가족이 어떻게 생활하는지 알 수 있다고 하신다. 나무꾼님은 〈청춘클럽〉의 회장님으로서 젊은 친구들보다 더 능수능란하게 컴퓨터를 다뤄서 공개방송이나 클럽모임의 사진들을 카페에 올리고 UCC로 만드는 등 그 활약이 정말 대단하시다. 나무꾼님을 보면 왜 노년 세대에게 컴퓨터 교육이 필요한지, 인터넷 세상이 왜 유익한지 알 수 있다. 고령자들에게 확실히 인터넷 교육은 바람직한 점이 많다. 세상과 단절되는 느낌을 많이 갖는 노년 세대에게 인터넷은 세상 속으로 들어갈 수 있는 유용한 도구이니 말이다.

하루가 지루할 시간이 없다. 온라인으로 만나는 친구들과 인생을 나눈다. 대화가 진전되면 당연히 오프라인에서 번개 모임도 가질 수 있다. 해외에 나가 있는 자식들도 적극적으로 사시는 아버지의 삶이 그저 감사하고 자랑스럽기만 하다.

지역마다 있는 노인복지관에는 컴퓨터 교육 강좌가 개설되어 있다. 그러니 아직도 컴맹인 어르신들은 꼭 도전해보시기 바란다.

아무도 날 찾지 않아 서럽고 외롭다고 하기에는 세상이 너무 바쁘게 돌아간다. 사람들과 소통하고 싶다면 우선 컴퓨터와 친해지자. 인터넷 세상은 앉아서도 세상을 다 가질 수 있는 또 하나의 세계니까!

부부, 함께 늙어가는 평생의 동반자

진실하게 맺어진 부부는 젊음의 상실이
불행으로 느껴지지 않는다.
같이 늙어가는 즐거움이 나이 먹는 괴로움을
잊게 해주기 때문이다.

모로아

황혼을 맞이하는 부부를 위한 5계명

남자와 여자가 만나 사랑을 하고 부부의 연을 맺고 자식을 낳아 키우며 한 가정을 이룬다. 그러나 자식들이 장성해 부모라는 울타리를 떠나면 또 다시 남는 것은 한 남자와 한 여자이다. 보통 30~40년을 산 부부의 모습을 보면 인생에서 반려자란 어떤 것인지 대충 그림이 그려진다. 다음은 박혜란의 〈소파전쟁〉이라는 콩트의 한 대목이다.

"연애할 때야 연애하는 맛으로, 신혼 때야 신혼 재미로, 애 키울 때야 애 키우는 맛으로 저절로 살아졌다. 부부 사이는 반석 같을 줄 알았다. 한때 사랑했으니 영원히 사랑하겠지. 이다음에 나이 많이 들면 우아한 할배, 할매가 되어 정답게 손잡고 동화처럼 살려니 믿었다. 그러다 어느 날 조용히 눈을 감는 거지. 인생이, 부부가, 별거 있겠어? 그러던 어느 날 시끌벅적하던 집안이 조용해졌다. 둘러보니 남은 식구는 달랑 둘, 부부뿐이다. 꽤 오래 살아온 것 같은데 앞날이 아직 길다. 앞으로도 20~30년 이상을 부부가 함께 살아가야 한다. 이런 상황은 인류 역사상 초유의 대사건이다.”

‘대사건’이라는 단어만 봐도 작가의 의도를 이해할 수 있을 것이다. 당연히 반갑고 즐겁고 감사할 일일 줄 알았으나, 먼저 긴 한숨이 나오는 건 앞으로 함께 살아갈 생이 생각보다 길 것이며 또한 쉽지만은 않을 것이라는 뜻이다. 고령화가 진행되면서 황혼이혼과 재혼, 노년의 성 이야기, 노년의 이성친구 사귀기 등 노년들의 삶이 청년, 장년의 삶만큼 복잡하고 다양한 패턴으로 바뀌고 있다.

그렇다면 지금까지 대한민국의 부부들은 어떤 모습으로 살아온 걸까? 처음에는 남자와 여자로 만났지만 가정에 대한 책임과 자녀에 대한 의무로, 남편과 아내로 살아가는 부부가 많다. 연애기간을 거쳐 결혼이라는 목표에만 도달하면, 남자들은 직장생활에서의 성공에 목을 매고, 여자들은 자녀교육에 생을 건다. 중년의 부부는 서로의 책임을 다하느라 전력투구하여 상대방을 바라볼 시간과 여유가 없다.

그러던 어느 날 자녀들이 뻐꾸기 둥지 위를 날아간 새처럼 다들 제 갈 길을 가버린다. 둘만 덩그마니 남게 된 노년부부는 함께 같은 공간을 썼을 뿐, 자녀라는 매개체가 없는 빈 둥지가 된 생활을 견디지 못하게 된다. 낯설고 어색하고 끔찍하기도 하다.

은퇴한 남편과 앞으로 20~30년의 긴 여정을 붙어 지내야 하는 아내들은 고민이 많다. "저나 나나 함께 늙어가는데 언제까지 상전으로 받들란 말이냐!"

사실 우리 어머니들은 인내와 희생으로 가정을 지켜왔다. 남편의 은퇴 후 엄청난 자유를 기대했던 아내들은 젊었을 때 처절하게 자신을 외롭게 했던 남편이 24시간 내내 '젖은 낙엽'처럼 붙어 있는 것이 괴롭다. 숨을 쉴 틈도 주지 않는다고 한다. 갱년기 이후 여성은 호르몬의 변화로 사회성이 발달하고 친구와 취미생활의 즐거움을 찾기 시작하는데, 갱년기 이후의 남성은 마치 싸움에서 진 사자처럼 갈 곳이 없어 집으로 다시 어슬렁거리며 돌아온다. 이런 부조화가 노년부부를 위기에 봉착하게 한다.

보통 무관심한 부부 사이를 이야기할 때 '소 닭 보듯'이란 비유를 많이 하는데, 사실 개와 고양이가 싸우면 많이 싸웠지, 소와 닭은 적어도 싸우지는 않는다. 같은 공간에서 서로에게 부담주지 않으면서 각자의 일을 하며 평화롭게 살지 않는가?

하지만 우리의 노년부부는 싸움을 피할 길이 없다. 연애시절을 50년 동안 연장하는 부부생활을 하는 사람들은 극히 드물다. 그것은 정말 소수의 사람만이 누릴 수 있는 축복이다.

"외국에 나가보면 서양부부들이 참 부러워요. 어딜 가도 꼭 손잡고 다니고, 할아버지의 매너가 얼마나 좋은지. 늘 연애하는 기분으로 사는 노년부부들 정말 보기 좋아요."

이런 얘기는 대부분 여성들이 많이 하는 푸념이다. 신사다운 멋은 점점 없어지고 짐스럽게 느껴지는 남편에 대한 미움이 커갈 때 나오는 자연스런 반응이다.

그러나 그 사이좋은 서양부부들 중 젊은이들처럼 연애 감정으로 사는 노년부부는 대부분 재혼부부가 많다. 노년에 재혼해서 신혼으로 사는데 매너 좋고 애정 넘치고 서로에게 몰입하는 것은 당연한 것 아닌가! 연애 감정이라는 것이 늙었다고 젊은이들의 그것과 얼마나 다르겠는가?

그들은 신혼의 특권을 누리고 있을 뿐이다. 나이가 문제가 아니라 결혼 기간이 얼마 되지 않는 것이 그들이 뿜어내는 활력의 원인이다.

다시 '소 닭 보듯' 사는 부부로 돌아오자. 만일 60세 이후의 인생을 배우자와 오래도록 해로하고 싶다면 몇 가지 원칙을 만들어 함께 실천해보자.

첫째, 대화를 하자. 너무나 당연한 해법이지만 30년을 살아도 여전히 대화하는 방법을 모르는 부부가 많다. 여성들은 구체적으로 자신의 요구를 표현해야 한다. 우리가 30년 이상을 함께 살았는데 말하지 않아도 알겠지 하고 생각하면 큰 오산이다. 남자들은 말을 하지 않는 이상 절대 모른다.

은퇴 후의 남성들은 가사노동의 분담에 적잖이 자존심을 상해하는 경우가 있다. '떠받들음'을 당연히 여겼던 지난날이 그리울

뿐이다. 그럴 때일수록 아내들은 마음만 상해할 것이 아니라, 포기하지 말고 애정을 담아 "여보, 쓰레기 분리수거를 해야 하는데 버려줘요."라고 다정하게 말하자. 그러면 의외로 그 일에 책임을 갖고 매주 분리수거를 담당하는 남성들이 늘어날 것이다. 요구사항을 구체적으로 말하는 것이 중요하다.

둘째, 측은지심을 가지자. 초원에서 뛰어놀던 자유를 접고, 집 안으로 들어온 남편을 배려하는 것이다. 예를 들어 가사노동을 분담하여 남편이 가사 일에 익숙해질수록, 진심으로 칭찬을 하는 것이다. "누가 보더라도 우릴 부러워하겠어요. 정말 조화로운 부부 같지 않아요?" 이 정도의 말에도 남편들은 기분이 좋아진다.

셋째, '따로 또 같이' 사는 부부의 모델을 인정하자. 같이 즐길 수 있는 것은 함께하되, 혼자만의 시간을 두려워하지 말고 서로의 취향을 존중하는 것이다.

넷째, 서로를 인정하고 배려하자. 자신이 노력하고 고생한 만큼, 상대도 그랬다는 것을 인정하는 것이다. "당신, 지금까지 참 고생했어요." "여보, 참 힘들고 열심히 살았어요. 고마워요." 이 정도의 정감 있는 대화면 부부 사이의 분위기는 금방 좋아진다.

다섯째, 감정노동을 기꺼이 하자. 부부관계에서 정신적 배려는 중요하다. 배우자의 감정을 읽고 배려해주는 감정노동이 훈련된다면 많은 아내들은 퇴직 후 집으로 돌아온 남편들을 더욱 따뜻한 마음으로 안아줄 것이다.

은퇴 후 위기의 부부가 되지 않으려면 새로운 가정환경에 적응하는 노력과 즐거움을 배워가야 한다. 70세가 넘어 남편이 있는 아내들은 그저 감사할 일이다. 남편이 밉든, 지난날이 섭섭했든, 원망스러웠든 한 공간에 그가 있어 고독을 물리칠 수 있다는 것에 집중하길 바란다. 노인복지관에만 가도 그 이유를 알게 된다. 그곳의 여성 비율은 80퍼센트다. 그 나이의 남성들은 이미 이 세상 사람들이 아닌 경우가 많다. 함께 해로할 수 있는 것만으로도 큰 축복이다.

노년부부에게는 지금까지의 고정된 역할파괴가 필요하다. 요즘 젊은 세대들처럼 양성평등의 부부모델을 개발하는 것이 급선무다. 인생 후반기에 노년부부라는 시간이 주어진 것에 먼저 감사하고, 변화된 역할에 최선을 다하며, 조화로운 모습을 추구하며 산다면 노년부부의 행복은 의외로 가까운 곳에 있지 않을까?

부부 사이의 친밀함을 높여주는 현명한 대화법

세상에서 가장 가까운 사이는 부부이고, 세상에서 가장 먼 사이는 머리에서 가슴 사이라는 말이 있다. 평생을 함께한 배우자가 너무 타인처럼 느껴져 더 이상 부부생활을 지속할 수 없을 때 노년들은 때때로 이혼법정에 서기도 한다. 가슴에 진 응어리를 풀지 못해 머리로는 이해를 해보자 하면서도 마음이 고단하고 힘든 것은 외면하지 못하기 때문이다. 부부 사이의 친밀감은 쌓여가는 결혼기념일과는 상관이 없는지도 모르겠다.

부부를 부부답게 하는 요소 중에서 친밀감은 무엇보다 중요하다. 친밀감에도 그 결이 다양해서 서로의 생각을 공유하고 평가하는 지적인 친밀감, 감정을 나누는 정서적인 친밀감, 문화를 함께 즐기는 미적인 친밀감, 무엇인가를 함께 만드는 창조적인 친밀감, 즐거운 경험을 함께하는 오락적인 친밀감, 성생활에서 만족을 찾는 성적인 친밀감, 문제와 고통을 극복한 후 서로를 신뢰하는 위기의 친밀감, 보다 큰 목표를 향한 헌신의 친밀감 등이 있다. 그러나 이러한 친밀감이 모든 부부에게 있는 것이 아니다. 어떤 종류의 친밀감은 있는 듯도 하지만, 어떤 부분은 노력을 해도 회복될 기미가 보이지 않는다.

젊어서부터 친밀감을 잘 쌓아 온 부부라면 함께하는 시간을 보다 즐기고 이해하고 배려하면서 건설적이고 발전적인 방법을 찾을 여지가 많다. 그러나 부부의 친밀감보다는 자녀 위주의 부부 생활을 해온 경우라면 노년에 이르러 갑작스레 없던 친밀감을 만들기가 정말 어색하고 긴장되며 때론 갈등만 심화된다.

특히 남성들의 경우 나이가 들수록 더욱더 내향적인 취향으로 바뀌다보니 집안일에 군소리가 많아진다. 게다가 세 끼 식사는 모두 집안에서 해결하고 싶어 하니, 아내 입장에서는 그런 영감이 밉고 귀찮기만 하다. 오죽하면 은퇴한 남편의 새로운 호칭이 '삼식이'일까.

하지만 남편 입장에서는 정말 화가 나는 작명이다. 세끼 밥을 집에서 먹는다 해서 '삼식이'라니. 그동안 열심히 돈을 벌어서 가정을 유지해온 공로는 어디로 가고 이제 와서 이런 찬밥 신세란 말인가 하는 한탄이 절로 나온다. 이런 부조화를 해결할 방법은 정말 없는 것일까?

방법이 전혀 없는 것은 아니다. 관점을 바꾸고 생각을 유연하게 하면, 대화의 문은 열린다.

섭섭하고 힘겨웠던 부부 사이라면 그 부분에 대해 먼저 솔직해져야 한다. 이는 용서 이전에 풀어야 할 과제다. 서로를 미워하는 마음이 클수록 용기를 내서 마음을 열어야 한다. 서로의 마음 상태를 알고 진정 이해하게 될 때 변화를 기대할 수 있다. 어느 한쪽이 계속해서 참기만 한다면 언젠가는 그 감정이 폭발해 관계를 더 힘들게 하기 때문이다.

대화의 요령은 나를 주어로 하는 전달 방법인 '나는 ○○○합니다'라는 문장을 생활화하는 것이다. 예를 들어 "당신의 그 방법이 아주 좋아."라고 말하기보다는 "나는 그런 방법을 좋아해요."라고 말해보는 것이다. '당신이 ○○해서 문제야'라는 식의 대화는 상대를 비난하고 책임을 추궁해, 결국 대화의 단절을 초래한다. 하지만 나를 주어로 하는 말은 자신의 감정과 생각을 상대방에게 전하면서도 상대방의 가치관을 존중한다는 뉘앙스를 풍긴다.

또한 좋은 부부관계를 만드는 대화를 위해 반드시 배려의 마음을 문장에 담도록 하자. 배우자에게 부탁을 할 때도 "날 좀 도와줘요."라고만 할 것이 아니라 "설거지를 당신이 해주면 좋겠어요."라고 구체적으로 요구하는 것이 바람직하다. 막연하게 도와달라는 말보다는 행동의 영역을 훨씬 쉽게 알려주기 때문에 남자들은 오히려 더 편하게 생각한다.

이제 대화의 방법을 알았다면 그다음에 할 일은 역할을 바꿔보는 것이다. 많은 노년 여성들은 남편들에게 "자기만 늙은 줄 알지 나 늙는 건 모른다”는 불만을 토로한다.

갱년기 이후 여성은 사회성이 확대되고 오히려 남성은 집안으로 숨어 들어오는 동굴형 인간이 된다. 동창회니 친목회니 각종 모임을 찾는 아내에게, 남편들은 “또 나가냐?”는 말 대신 “잘 갔다 오라.”는 격려성 말을 해야 부부싸움을 줄일 수 있다. 물론 같이 즐길 수 있는 것은 함께하되 각자의 영역을 침범하지 말고 인정해두는 것이 현명하다. ‘따로 또 같이’형으로 사는 부부는 만족도가 높다.

노년의 부부가 가장 보기 좋을 때는 친구나 동료처럼 살 때이다. 햇살 좋은 가을 날, 서로 손을 잡거나 팔짱을 끼고 공원을 산책하는 노부부의 모습은 얼마나 부럽고 아름다운가?

부부애는 어느 날 갑자기 찾아오는 것이 아니다. 긴 인생의 여행길에서 목적지가 같은 친구를 만나는 기분으로 서로를 배려하고 사랑하고 이해하고 용서하면서 같이 가보자. 분명히 행복한 길이 보일 것이다. 그리고 그런 노부부를 바라보는 중년의 자녀들 역시 그들의 위기를 지혜롭게 넘길 것이다. 부모는 자식의 거울이기 때문이다.

부부,
따로 또 같이

부부가 평생을 함께 산다는 건 어떤 의미일까? 잉꼬부부처럼 살갑게 살진 못해도 소 닭 보듯 사는 부부의 모습이라도, 부부 대신 평생 싸우는 친구로 남았어도, 한쪽이 먼저 세상을 떠나면 남은 쪽은 건강도 안 좋아지고 우울증도 깊어지기 마련이다. 살아생전에 많이 사랑하지 못한 것이 미안해서 살아 있을 때보다 그리워하는 경우가 많은 것이다. 하지만 현실은 생각보다 냉혹하다.

남자가 정년 후 가족 내의 지지와 권위를 계속 유지한다는 것은 직장생활을 하는 30년 동안 가족에게 얼마나 많은 관심과 배려를 했느냐에 따라 달라진다.

한때 일본 남성들에게 가장 두려운 말은 '일본 나리타 공항의 이별'이었다. 이는 아내가 남편의 정년퇴임 후 퇴직금을 반반으로 나눠 갖는 등 재산을 분할하고, 부부관계를 청산하자고 요청하면서 벌어진 현상으로 일본의 황혼 이혼을 의미하는 말이다. 일본에서 벌어진 아내들의 반란이 이제 우리에게도 멀게 느껴지지 않는다.

그렇다면 부부가 오랫동안 서로를 사랑하고 존중하며 배려하고 사는 비결은 뭘까?

보통 부부의 취미가 같으면 행복지수가 높아진다고 한다. 탁구를 좋아하는 한 부부가 있었다. 함께할 운동을 찾다가 복지관 탁구교실에 들어가 실력을 쌓고 부부 팀으로 명성을 쌓았다. 특히 아내는 실력이 날로 좋아져 대회마다 빠져서는 안 되는 에이스로 평가받았다. 문제는 그때부터였다. 남편의 칭찬과 자랑은 줄어들고 오히려 남편의 눈치가 보이더라는 것이었다. 탁구대회에서 우승을 차지하면 축하한다는 소리보다는 "흥! 그게 그렇게 좋아?" 이런 말도 안 되는 반응이 나오더라는 것이다. 어쩌다 남편과 탁구를 칠 때 아내가 이기면 남편의 반응은 거의 냉소적으로 변했다.

남편은 남에게 지면 견딜 수 없어하는 성취지향적인 성격이었는데 그것이 아내에게도 적용되었던 것이다. 행복한 노년의 취미생활을 꿈꿔왔던 아내는 결국 현명한 길을 선택했다. 남편과의 탁구를 접기로 한 것이다.

이들 부부는 취미에 있어서는 '따로 또 같이'로 산다. 아내는 시니어 탁구대회에서 존재감을 확실히 드러내고 있고, 남편은 새로 시작한 취미인 사진에 빠져 산다. 오히려 활동 영역이 다르니 질투도 줄어들고 편안해졌다고 한다.

'따로 또 같이'의 예가 또 하나 있다. 이번에는 일본 부부의 이야기다. 부부간의 동거라는 것이, 꼭 모든 것을 함께해야 하는 것은 아니다. 이들 부부는 아파트가 아닌 일본 전통가옥에서 산다. 그런데 남편은 아침형 인간이고 아내는 저녁형 인간이다. 정년 전에는 아내가 남편의 스케줄에 맞게 살았지만, 남편도 자유인이 된 지금, 아내와 남편은 심각하게 다른 서로의 생활방식을 조정했다.

은퇴 후 30년을 남편 스타일에 맞춰 사는 것에서 벗어나고 싶다는 아내의 발언이 그 시작이었다. 물론 남편에게 아내의 생활방식에 맞춰달라고 요구하지는 않았다. 아내는 '일층 남자 이층 여자'를 원했다. 남편은 아침형 인간이니만큼 직장을 다닐 때와 마찬가지로 일찍 일어나 하루 일과를 시작한다. 그러나 아내는 밤늦게까지 책을 보거나 TV를 보고 하고픈 일을 마음껏 한다. 남편과 아침밥을 같이 먹는 것에서 벗어나니 아침 준비를 안 해도 되고 맘껏 푹 자고 일어나니 건강도 기분도 상쾌해진다.

대신 이들 부부는 하루에 한 끼 저녁은 무슨 일이 있어도 함께 하는 룰을 만들었다. 물론 차를 마시러 남편이 이층 아내에게 올라오기도 한다. 그리고 재미난 일이 생각나면 이층 아내가 남편을 만나러 일층으로 내려가기도 한다. 부부가 별거하는 것이 무슨 큰일이라도 나는 것처럼 여기는 풍토 속에서 이들 부부는 과감한 변화를 주기로 한 것이다.

노년의 부부는 부부 나름의 창조적인 스타일을 찾아가야 한다. 노년의 부부는 긴 인생의 동반자라는 사실로 인해 어쩌면 서로에게 많은 피곤을 느낄 수 있다. 살아갈수록 더욱 사랑하는 것은 부부 사이의 존중과 배려와 합의가 없이는 불가능하다. 노년의 부부가 자유로워지려면 노년의 부부생활이 어느 한쪽으로만 기울어져 있지는 않은지 살펴야 한다. 그 힘의 균형을 잡기 위해 남편들이 아내에게 조금만 양보할 수 있으면 좋겠다. 남성 노인들이 더 외로워지는 것은 어쩌면 평생 함께 살아온 아내의 속마음을 너무 무시하고 있기 때문은 아닐까?

최근 일본에 독특한 침대가 나와 눈길을 끌었다. 일종의 침실 구조의 변화라고 볼 수 있는데, 침대를 두 개로 분리하고 그 가운데에는 수납장을 놓은 구조이다. 이는 중년 이후의 부부를 위한 생활디자인이 늘어나고 있는 일본에서 고민 끝에 나온 작품이다. '남편 재택 스트레스 증후군'이라는 새로운 개념에 맞춘 생활가구인 것이다. 남편 재택 스트레스 증후군이란 정년퇴임한 남편이 집에 있는 시간이 길어지면서 아내의 스트레스가 커져 심신에 변화를 초래하는 증상을 말한다.

퇴임 후 초기에 남편들은 집에서 뒹굴뒹굴 빈둥거리고 TV만 보고 집안일은 전혀 도와주지 않으면서 아내의 외출에는 민감하게 반응한다. 아내는 남편이 직장생활을 하는 30~40년 동안 남편을 출근시키고 집안일을 혼자 하면서 자신만의 공간을 만들어 놓았는데, 남편의 퇴직으로 그 영역이 침범당하자 혼란에 빠지면서 남편의 존재감을 부담으로 느끼는 것이다.

그렇기 때문에 노년의 부부는 부부가 한 몸이라는 생각에 집착하다보면 오히려 부부관계가 더 멀어질 수도 있다는 점을 항상 염두에 둬야 한다.

늘 같이 있는 부부는 사랑을 나누기보다는 싸움을 많이 한다. 오히려 각자의 생활을 누리며 몇 시간씩 떨어져 있는 부부의 사이가 더 좋다. 부부 사이의 적당한 거리를 유지하는 일, 바로 노년생활의 위기에 대처하는 현명한 방법이다.

다시 올리는 결혼식

결혼은 한 남자와 한 여자의 운명을 바꾸어놓는 인생의 큰 전환점이다.

우리 어머니는 한국전쟁이 휴전되던 해인 1953년 11월에 전통혼례를 올리셨다. 초례청에서 신랑과 마주한 촌색시의 상기된 모습이 귀엽기만 했을 텐데 어머니는 그것이 늘 못마땅하셨나 보다. 실력이 제일 좋은 사진사가 왔다고 하는데, 어찌된 일인지 그날 혼인식 사진을 망쳐버리고 말았다고 한다. 절대 실수해서는 안 될 사진이 엉망이 된 것이다. 그렇다고 다시 결혼식을 올릴 수도 없는 노릇이고, 결국 그렇게 부모님의 결혼사진은 빛바랜 사진으로 덩그마니 남아 있다.

시니어 프로를 진행하면서 시니어 사회의 변화를 실감한다. 지역사회의 노인복지관과 노인대학들이 얼마나 시니어들의 삶에 활력과 만족을 주는지도 새삼 알게 됐다. 내가 시니어 프로를 처음 시작한 1994년에는 시니어 문화라는 개념조차 없었다. 그저 경로당에 가서 동료 노인들을 만나거나 탑골공원에서 시간을 보내는 일이 시니어들이 즐기는 문화의 한 단면일 뿐이었다.

하지만 요즘 시니어들은 정말 바쁘다. 건강하고 활기찬 분들이라면 복지관 한 곳만이 아니라 2～3군데씩 다니는 분도 있고, 노인대학에서 시니어 아카데미를 수강하기도 한다.

그런데 요즘 노인대학에서 가장 큰 관심을 끄는 의식이 있다. 바로 다시 결혼식을 올리는 프로그램이다. 노년은 긴 결혼생활 동안 쌓인 지루함과 섭섭함으로 인해 배우자에 대한 분노가 의외로 많다. 황혼 이혼이 늘어나면서 노년기 부부생활을 재정립해야 한다는 취지로 만든 리마인드 웨딩(Remind wedding) 프로그램은 일부 뜻 있는 교회에서 '부부 사랑학'이라는 이름의 특강으로도 이어지고 있다.

노년의 부부들은 각자가 성숙한 여성과 남성일 것 같지만 사실 자기표현과 사랑표현에 참 서투르다. 배우자에게 '사랑합니다'를 5번만 말하고 오라는 과제를 내주면 노년의 부부들은 어색해하며 이 숙제를 겨우 해온다. 심지어 어떤 아내는 결혼하고 "사랑합니다. 고맙습니다"라는 말을 남편에게 처음 들었다며 감동하기도 한다.

배우자에 대한 포기와 미움 그리고 분노 대신 이해와 배려, 관심과 사랑을 회복하는 황혼의 리마인드 웨딩은 산전수전에 공중

전까지 다 치러 삶에 뭐가 남았나 싶은 노년부부들에게 신선한 화제가 되고 있는 것 같다. 아내와 마음을 트고 나누는 대화를 통해 단절된 부부 사이에 대화가 무르익고, 자기주장과 왜곡된 사랑을 강요했던 권위주의적인 아버지들이 평생의 반려자로서 함박웃음을 짓는 늙은 아내에게 깊은 감사와 사랑을 다시 느낄 수 있게 한다니 이 얼마나 대단한 발견인가!

친정부모님은 '노아스쿨'이라는 노인대학을 다니신다. 광성교회에서 운영하는 노인대학으로 '노아'는 '노년은 아름다워'의 줄임말이다. 어느 날 이곳에 다니는 어머니가 나에게 전화를 해 어쩔 줄을 몰라 하셨다.

"영미야, 너의 아버지는 왜 그러시니? 다 늙어서 무슨 결혼을 다시 하니? 난 창피해서 못한다."

"어머머! 엄마, 재밌겠다. 늘 혼인사진을 망쳐서 속상해하셨잖아요! 사진이 잘못 나와서 어머니 결혼생활이 힘들어졌다고 하셨으면서. 눈 딱 감고 그냥 하세요."

어머니와 통화가 끝나자마자, 이번에는 아버지가 전화를 주셨다.

"셋째야, 넌 무조건 네 엄마를 설득해라. 리마인드 웨딩이란 것이 의미 있고 좋지 않니?"

결국 나는 해결사로서 임무를 완수했고 부모님은 리마인드 웨딩을 치르셨다. 그리고 그 후 어느 날, 친정에 갔더니 거실에는

78세의 귀여운 할머니 신부와 79세의 핸섬한 할아버지 신랑이 멋진 포즈로 나를 반기고 있었다. 사진 속의 어머니와 아버지는 56년의 세월을 뛰어넘어 또 다시 새로운 출발을 하고 계신 듯했다. 아버지께 은근히 물어봤다.

"아빠, 다시 결혼하니 어떠셨어요?"

아버지가 웃으시면서 말씀하신다.

"마라톤을 완주하는 기쁨이랄까? 네 엄마가 소중하게 여겨지지. 여기까지 같이 와주어서 정말 고맙고."

"어머니는요?"

"이상하게도 섭섭한 마음이 좀 풀리더라. 이 나이에 다시 결혼이라니. 그저 부부가 해로하는 게 감사할 일이지."

어머니의 대답을 듣고 보니 역시 부부는 이심전심인가 보다.

로맨스 그레이어,
영원하라

올해로 나이가 107세가 되는 할머니가 계시다. 중국에 사는 왕귀인 할머니는 장수한 나이도 나이지만 아직까지 결혼을 하지 않은 '처녀'라는 점이 큰 화제다.

왕 할머니는 젊은 시절 순탄치 못한 결혼생활을 하는 친척들을 많이 보아온 까닭에 결혼에 대해 두려움을 갖고 있었다. 왕 할머니는 74세까지 혼자 농사일을 하면서 살아왔는데, 102세에 다리가 부러진 이후부터 60살된 조카의 보살핌을 받다가 생각을 바꾸고는 107세에 난생처음으로 공개구혼을 하게 되었다. 당연히 연하의 신랑을 찾고 있으며 그 나이가 100세였으면 한다고 하신다. 현재 중국 현지 관리들과 지역 언론이 중심이 돼서 왕귀잉 할머니의 결혼 도전기에 박수를 보내고 신랑감을 물색하고 있는 중이다. 기다림의 여신, 왕귀잉 할머니에게 좋은 일이 있기를 전 세계가 주목하고 있다.

2008년 11월 25일에는 영국에서 최고령 노인부부가 탄생했다. 이 노인부부는 9년 여간의 열애 끝에 할머니가 90세, 할아버지가 89세 되는 해에 재혼을 했다. 이들은 81세, 80세에 제2차 세계대전 참전자 해군모임에서 만나 사랑을 키워오다가 서로의 자식들과 손자, 증손자들의 축복 속에 결혼을 했다. 지금 이 노부부는 영국 남서부의 한적한 해안가에서 신혼살림을 차려 행복하게 살고 있다.

이 부부의 나이를 합치면 179세인데, 영국에서 가장 나이 많은 신혼부부로 영국 통계청에 등록되어 있다고 한다. "페니를 만나지 않았다면 난 고약한 노인이 돼 있었을 거요."라는 할아버지의 애정어린 말이 인상적이다.

어르신들을 대상으로 하는 강의가 있을 때마다 나는 이 노부부의 이야기를 전한다. 그리고 어르신들의 반응을 살핀다. 이 둘의 결혼을 어떻게 생각하느냐는 질문에 "다 늙어서 주책이야!" "드디어 돌았군. 미쳤어." "곱게 늙어야지." 혹시 이런 대답을 하셨을 것이라고 생각하는가?

그건 섣부른 판단이다. 어르신들은 대부분 이렇게 대답하신다.

"부럽다!"

"아니 늙어서도 연애하니 좋겠어!"

물론 간혹 부정적인 대답도 나온다.

"자식들이 가만있지 않을 텐데."

“요즘 할머니들이 너무 돈만 밝혀. 돈이 많이 들어서 결혼식을
올릴 수나 있으려나.”

이쯤 되면 강사는 아예 무시하고 어르신들은 제각각 자신의 생
각을 말씀하시느라 강연장이 한참 부산해진다.

고령인구가 점점 늘어나면서 혼자 사는 노인들이 많아졌다. 황
혼 미팅이나 재혼에도 관심이 높아지고 있지만, 독신 노인이 이
성을 만나기에는 제약이 너무 많다. 하지만 나이가 들었다고 이
성에 대한 그리움이나 호기심이 없어지는 것은 아니다. 건강 상
태와 신체 상태만 노화됐을 뿐 마음은 언제나 청춘인 것이다.

한 복지관에서 60세 이상 독신 노인들을 대상으로 설문조사를
했다. 이성교제가 필요하냐는 질문에 50퍼센트 이상이 필요하다
고 했다. 그러나 실제로 이성교제를 하느냐는 질문에는 94퍼센
트가 아니라고 했다. 그 이유로 응답자의 절반 이상이 주변의 시
선이나 자녀의 이해 부족을 꼽았다. 노인들의 욕구는 자연스러운
데, 오히려 젊은 층의 몰이해와 편견이 많다는 결론이다.

또한 이성교제를 하고 있는 노인들 중 88.8퍼센트는 친구가 필
요하거나 외로움을 달래기 위해 이성교제를 한다고 대답했고, 이
성교제에 대한 만족도가 97.2퍼센트로 매우 높게 나타났다.

사회복지사들에 따르면 노인들의 이성교제는 긍정적인 측면이
많지만, 자녀나 다른 사람의 시선이 부담스러워 눈치를 보면서
데이트를 하는 경우가 많다고 한다.

노인들의 재혼을 막는 가장 큰 요인은 무엇일까? 사실 현재의 노년 세대는 유교의 체면주의 사고에 길들어져 있다. 어르신 노릇을 강요받고 점잖은 노인으로 살아가야 한다고 생각하신다. 게다가 재산이 많은 노인일수록 재혼을 둘러싼 자녀들의 이해와 인정을 따내기가 정말 쉽지 않다. 스산한 바람이 불고 마음은 물론 뼛속까지 시린 외로움이 밀려오는 노년의 삶을 자녀들은 과연 이해하고 있는 걸까?

서구에서는 황혼의 결혼을 '디셈버 메리지(December-marriage)'라고 부른다. 노년에 찾아오는 사랑과 결혼이란 얘기다. 12월의 결혼이라… 참 고운 말이다. 보통 여자들은 오월의 신부가 되길 기대한다. 푸른 오월에 찬란한 인생을 펼칠 꿈을 안고서, 젊은이들은 연애를 하고 사랑을 하고 결혼을 한다. 그러나 인생의 봄, 여름, 가을을 지나 겨울이 되면 무엇을 기대하게 되는 걸까?

건강도 명예도 부도 권력도 다 지나간다는 것을 알게 되는 노년의 삶. 노년에는 인생을 살며 남는 것이 외로움을 나누고 함께할 사람의 사랑이라는 것을 깨닫게 된다.

이젠 어르신들을 부모로만 보는 시각에서 벗어나 한 사람의 인간, 인생으로 보는 시선이 필요하다. 느낄 수 있을 때까지 사랑하고, 마음만은 빛나는 청춘을 유지하는, 90세에도 이성을 보면 설레는 마음을 갖는 로맨스 그레이! 외국의 얘기로만 남기지 말고 우리의 이야기가 될 수 있도록 노년의 삶을 좀 더 이해하자.

동거,
또 하나의 문화

인간수명 100세를 바라보는 시대에 살고 있는 우리들은 이제 세상이 달라져서 시니어들의 삶 또한 독립적이고 자신의 의지대로 멋지게 살아가길 바라고 있다. 그러나 방송 현장에서, 노인복지관에서 만난 시니어들은 생각보다 많은 제약에 처해 있어 안타까울 때가 많았다.

노년이 되면 고독하다. 건강과 돈, 친구가 있어도 배우자의 빈자리를 느끼는 공허로움은 당해보지 않은 사람은 모른다고 한다.

노년이 되면 독신이 된다. 독신이란 혼자 생활하는 개인이다. 자녀와 함께 사는 노인보다 이제는 여러 가지 사정상 혼자 기거하는 노년층이 증가하고 있는 추세다.

노년의 독신은 젊은이의 독신생활처럼 자발적이고 일시적인 것이 아니라 비자발적이거나 안정적인 경우가 많다. 여기서 안정적이라 함은 배우자를 찾기 힘들어 결혼이나 재혼을 포기하고 영구적인 독신생활을 하는 것이다. 이들은 대부분 배우자의 죽음으로 독신이 된 사람들이 많기 때문에 일정기간 몹시 정신적인 충격과 혼란에 휩싸인다. 하지만 어차피 인간이 견뎌내야 할 과정이기 때문에 서서히 그 고통에서 벗어나는 방법을 터득하게 된다.

여성들은 남성들보다 미망인으로 사는 기간이 훨씬 길다. 보통 10~11년 정도 남성들보다 독신 기간이 더 길다. 또한 학력이 높을수록 경제력이 좋을수록 재혼에 성공할 확률은 낮다. 이에 반해 남성들은 교육 수준이 높고 재력이 좋을수록 재혼의 가능성이 커진다. 남성들이 재혼의 조건으로 자신의 노후를 돌봐주고 성생활을 함께할 수 있는 젊은 여성을 찾는 반면에, 경제력이 있고 능력이 있는 여성들은 전 남편과의 사별로 고통스러웠던 아픔을 재현하고 싶지 않다는 두려움을 지니고 있고 외롭지만 안정적인 현실을 받아들이는 경향이 있기 때문이다.

젊은 사람들은 결혼할 때 장래성에 비중을 두지만 노인들은 재혼상대를 구할 때 현재 생활을 보고 과거와 장래를 짐작한다. 한편, 노인 이성교제 상담사들과 인터뷰를 하다보면 남성 노인들의 욕심이 정말 과하다는 것을 알게 된다. 남성의 경우, 건강하고 경제력이 있으면 15~20세 연하의 여성을 선호하나 대부분의 중산층 남자는 10~12세 연하의 여성을 선택한다. 여성이 희망하는 상대 남성과의 나이차는 7~8세이지만, 여성이 경제력이 있고 능력이 뛰어날수록 3~4세 연상과의 만남을 선호한다.

그러면 이렇게 어려운 만남을 통해 이루어지는 재혼 성공률은 얼마나 될까?

노인의 재혼에는 현실과 이상 사이에 상당한 괴리가 있다. 서로가 적극적인 의사표시를 한다고 해도 자녀들의 복잡한 조건으로 인해 노혼 성공률은 5퍼센트 미만이다.

시니어들의 재혼을 막는 요인들은 다음과 같다.

첫째, 노인 스스로 재혼에 대해 적극적인 의사표시를 못한다. 이성교제를 상담해오는 노년들의 경우 자신들의 만남을 자녀들에게 공개하지 못하는 경우가 압도적으로 많다. '한국 노인의 전화'에 문의해오는 이성교제 상담을 봐도 85퍼센트의 노인들이 자녀들에게 데이트 사실을 알리지 않는다고 한다.

둘째, 재혼에 따른 재산분배나 가족행사에서 자식들과의 갈등이 심하다. 특히 재산이 많을수록 자녀들의 동의가 희박한데, 법적으로 계모가 아버지의 재산을 상속한 후 세상을 떠나면 그 재산이 계모 식구들에게 귀속되므로 이 또한 분쟁의 소지가 많다.

셋째, 사회구성원의 몰이해가 심하다. 노인의 이성교제를 불편하게 바라보는 사람들의 시선이 큰 부담으로 다가온다. 예순이 넘으면 마른 잎처럼 감정도 메마른 상태가 되면 좋으련만, 안타깝게도 노년에 찾아온 사랑은 눈물도 정도 더 깊다고 한다.

정신없이 바쁜 자식들에게는 말 못할 노년의 아픔과 생활을 함께 나눌 새로운 상대가 생겼다면 과연 어떻게 해야 할까?

노인연구가들은 현실적 대안으로 동거를 인정하자고 말한다.

현재 노년들의 삶을 들여다보면 동거의 형태가 재혼보다 훨씬 더 많은 비율을 차지하고 있다. 물론 동거는 도덕적, 윤리적, 종교적인 면에서 인정받기 쉽지 않은 제도이다. 또 노년들 중에는 지금까지 살아온 삶이나 철학적인 이유로 동거를 거부하는 경향도 있다. 그럼에도 불구하고 제도권 안에 들어오지 못한 동거가 노년의 재혼문제와 맞물려 확산되는 이유는 무엇일까?

노년동거는 젊은이의 동거와는 다른 차원에서 인정해야 하는 합리적이고 현실적인 이유가 더 많기 때문이다. 자녀와 복잡한 재산문제로 얽히지 않아도 되고, 비밀 데이트를 하지 않아도 되니 자존감도 높아진다. 고령화시대 노년에 대한 사회의 몰이해도 점차 나아질 테니 노년동거는 황혼의 새 출발이 되는 셈이다.

단, 동거는 법적인 계약이 아니기 때문에 동거하기 전에 주의 깊게 법적인 문제를 고려할 필요가 있다. 동거에 들어가기 전에 자신들을 보호할 수 있는 법적인 계약을 해두는 것이 나중에 분쟁과 갈등의 소지를 해소하는 데 도움이 된다.

계약 내용에는 생활비는 어떻게 조달할 것이며 동거 관계가 끝났을 때 또는 사별로 이어지는 환경에서, 법적으로 합리적이고 정당한 재산분배를 위한 지침이 되는 내용을 기재하길 바란다. 노년의 동거는 재산분배 문제가 매우 중요하다. 특히 여성 노인의 경우, 동거 관계가 끝난 후 경제력에 대한 대책 없이 헤어지게 된다면 심리적으로나 사회적으로 생활의 타격이 심할 수밖에 없다. 따라서 이 문제는 심각하고 진지하게 상의하고 고려해보길 바란다.

황혼의
로미오와 줄리엣 효과

서울에 있는 25개의 복지관은 노인들에게는 정말 행복한 공간이다. 등록된 인원만 해도 1만 명이 훌쩍 넘는 곳이 많고, 하루에 이용하는 인원도 1,000명을 웃돈다. 노인복지관을 드나드는 평균 연령도 70대 후반이 주류를 이루니 노인복지관은 노인 문화를 꽃피우는 터전임에 틀림없다.

그런데 요즘 복지관에서 황혼 미팅을 주선하는 프로그램들이 부쩍 많아졌다. 이혼이나 재혼에 대해서 생각이 많이 유연해졌고, 평균수명이 늘어나면서 노년기를 함께 보낼 상대를 찾는데 관심이 많아졌기 때문이다. 날씨가 좋고 건강할 때는 늘 복지관에서 생활하지만, 날씨가 궂을 때나 몸이 불편할 때는 집에 머무는 시간이 많아지는 노인의 특성으로 볼 때 노년에 함께할 사람이 있다는 것은 고마운 일이다.

　황혼 미팅에 나오는 노인들은 주로 외로움을 해소할 동반자를 많이 찾는다. 그런데 남자 노인과 여자 노인의 입장은 조금씩 다르다. 남자 어르신들은 본인의 나이보다 10~15세 정도 연하를 찾는 경우가 많다. 경제력에 따라 인기의 판도가 달라지는 것도 당연하다. 남자 어르신들에 비해 여자 어르신들은 경제적인 이유를 많이 고려한다. 물론 성격과 건강도 중요한 변수이다. 경제력을 따지게 되는 이유는 보통 여성이 남성보다 연하이고 장수하는 것을 감안한다면 새로운 동반자와 사별한 이후도 염두에 두어야 하기 때문이다.

　실제로 보통의 경우 어느 정도의 재산 이양에 대한 보장이 없으면 재혼을 꺼려하는 것이 사실이다. 물론 이렇게 현실적인 얘기를 하거나 들으면 사실 서운하고 불쾌한 느낌이 들기도 한다. 젊은이들의 계산적인 결혼풍속도가 노인 세대에까지 파급된 것인가 하는 생각이 들기 때문이다. 하지만 한편으로는 노인이 되면 인생을 살아본 경험을 바탕으로, 든든히 믿을 수 있는 재산을 귀하게 여기는 것인지도 모르겠다.

　여기에 여자 어르신들의 경우에는 재혼한 이후에도 자녀문제로 고민하는 경우가 더해진다. 새 배우자가 세상을 떠난 후 재혼한 어머니를 정성껏 모시는 자녀는 드물기 때문이다. 재산권에 대한 법률 효력 문서나 변호사 공증이 없다면 도움을 줄 수 있는 것이 현실적으로 없다.

하지만 이러나저러나 아직까지 우리 사회에서는 노인들의 재혼을 반기는 분위기는 아니다. 노인 스스로 간절히 원한다고 해도 자녀들의 의식이 변화하지 못해, 늙은 로미오와 줄리엣은 곳곳에서 가슴 아파하고 있는 것이 현실이다.

예를 들면 이런 식이다. 70대 남성과 60대 여성이 복지관 미팅에서 만났다. 데이트가 계속될수록 서로에 대한 이해와 애틋함이 깊어졌고 둘 다 사별한 기간이 길었기에 서로를 소중하게 여겼다. 또한 결혼에 이르는 어느 정도의 조건들도 갖추고 있어서 이 둘의 만남을 축복해주는 친구들이 많았다.

그런데 복병이 있었다. 바로 자녀들이었다. 여자 어르신의 결혼한 딸들이 문제를 삼았던 것이다. 늙은 어머니의 재혼이 자신들의 결혼생활에 큰 부담으로 작용한다고 어머니를 말렸다. 시댁 식구들이 사돈의 재혼을 달갑게 여기지 않으며 그로 인해 자신의 결혼생활에도 지장을 초래한다는 이유였다. 옛말에 자식을 이기는 부모는 없다 하지 않는가? 결국 늙은 로미오와 줄리엣은 그들이 꿈꾸었던 노년의 행복을 포기할 수밖에 없었다.

심리학에서 말하는 '로미오와 줄리엣' 효과를 아는가? 보통 부모가 자녀의 결혼이 마땅치 않으면 그 결혼을 인정하기보다는 계속적인 지연작전을 펼쳐 자식 스스로 그 결혼을 포기하게 만드는 것을 '로미오와 줄리엣' 효과라고 한다. 장수시대 노년들에게는 자녀들이 오히려 부모의 재혼을 인정하지 못하고 반대해서 결혼이 이루어지지 않는 '신 로미오 줄리엣 효과'가 많이 발생한다.

　부모 재혼에 가장 큰 걸림돌은 바로 자녀들의 의식이란 얘기다. 따라서 노인 재혼을 바라보는 사회의 시선이나 분위기도 좀 더 다양하고 유연해질 필요가 있다. 평소에는 잘 보지도 않는 호적 정리가 그렇게도 문제가 되고 재산이 많은 노인의 재혼이 자녀들에게 큰 걸림돌이 되는 이때, 노인생활연구가들은 노인 동거를 현실적 대안으로 제시하고 있다.

　사람의 온기를 느끼고 마음을 나누고 고독한 상태에서 벗어나게 되면 우울증은 상당 부분 해소된다. 황혼 재혼이 가족구성원 간에 더욱 복잡한 관계를 형성한다면 차라리 다른 방법을 모색해보는 것이 유연한 대처가 아닐까 싶다. 흑백논리로 생각해서 된다, 안 된다로만 선택하는 것보다 그 중간의 대안적인 삶을 고려하는 것이 현명하다. 즉, 생각 많은 자녀들의 유산 상속에 걸림돌이 되지 않을 방법을 모색해보고, 호적과 관련된 복잡한 절차를 생략하는 황혼 동거에 무게감을 두는 것이 차라리 합리적이다. 그러니 황혼 동거를 철없는 노인들의 도피행각으로 볼 것이 아니라, 윤리적인 문제나 사회적인 관습을 뛰어넘는 행복한 노년의 대안으로 바라보는 것은 어떨까?

　60세 이후의 인생은 새로운 출발이다. 60세 이전의 삶이 가족을 위한 책임으로 나를 포기하는 시간이었다면, 60세 이후는 법과 제도를 초월해 좀 더 성숙해진 인격으로 자신의 즐거움을 생각하는 결단의 시간이 되었으면 한다. 그렇게 행복한 노년을 보내려는 어르신들에게 젊은 세대들이 아낌없는 지원을 보냈으면 한다.

터놓고 이야기하는
황혼의 성

사랑할 수 있다는 것은 모든 것을
할 수 있다는 것이다.

체호프

황혼녘에
다시 시작하는 사랑

〈청춘〉을 진행하면서 나는 방송을 듣는 노년 세대들에게 늘 잘 차린 밥상을 제공하고 싶은 욕심이 든다. 그래서 항상 시니어들이 관심 있어 하는 분야인 건강, 재테크, 인간관계, 문화생활 등에 관한 다양한 정보를 제공하려고 한다.

최근에는 자발적이든 비자발적이든 싱글이 된 분들의 인간관계 고민을 상담해드리기 위해 '청춘 상담실'이라는 코너를 만들었다. 청춘 상담실 코너에는 결혼정보회사 레드힐스의 홍경희 본부장이 나와서 노년 이성 교제의 문제점을 진단한다. 그녀는 인기 프로 〈골드미스가 간다〉에도 심사위원으로 나와 남녀문제를 진단한 적이 있는 이 분야 최고의 전문가이다.

사실 이 코너를 편성하면서 적잖은 고민을 했다. 자식들의 결혼은 물론이고 손자 손녀들의 결혼까지 시켜본 세대들인데, 그들에게 더 이상 무엇을 가르치고 변화할 수 있게 만들까 하는 걱정이 들었기 때문이다.

노년 세대에게 이성은 과연 얼마나 중요할까? 그 시간에 추억의 노래를 하나 더 틀어드리는 것이 낫지 않을까? 하지만 결국 이런 고민들은 잘못된 생각이라고 판단됐다. 그들도 결국은 오늘을 사는 세대가 아닌가? 인간이 세상을 떠날 때까지 가져가는 욕구가 식욕과 성욕이라는데 외로운 노년들에게 만남의 기회를 제공하는 것은 정말 필요한 일 아닐까? 아무튼 장고 끝에 이 새로운 코너는 신설됐다.

그 결과는 어땠을까? 예상 밖으로 날로 승승장구하며 인기를 얻는 코너가 되었다. 애청자의 문의가 점점 많아진다는 것을 보고 대박을 예감했다. 맨 처음에는 관심 없는 듯, 스쳐지나가는 듯했던 분들도 이제는 자주 문의를 해오고 있다.

"아! 그 최고령 신사로 76세에 애인을 구한다던 그 사람, 결국 임자를 만났나?"

"자식 셋 잘 키우고 재산도 어느 정도 모은 그 60대 여사 결국 애인을 찾았나?"

"순정은 20대 애기지. 돈도 없고 당뇨까지 있는 영감이 뭐가 좋다고 다시 만나 깊은 연애를 하시나? 그 철없는 여사 누가 좀 말려줘요!"

"영감이 세상 떠나고 나 역시 죽은 목숨이었죠, 그러나 이런 사랑이 다시 올 줄 누가 알았겠어요?"

“17평 아파트에 우린 다시 신혼이라오! 인생은 아름다운 거야!”

계속해서 이어지는 노년들의 합창은 중년인 나도 질투가 날 정도로 달콤하다. 세상의 반은 여자고 또 세상의 반은 남자인데 노년에 새로운 이성을 만나 새콤달콤한 데이트를 하는 노년들은 정말 선택받은 소수가 아닐까 싶다. 이들은 자녀들의 감시에서 벗어나 자유를 찾았으며, 이성친구를 다시 만나며 몸과 마음의 청춘을 되찾았다. 자연스레 무료한 생활은 가고 활기찬 나날을 통해 삶의 즐거움도 되찾았다. 20대의 사랑이 따사로운 햇살 같은 사랑이라면 황혼녘의 사랑은 하늘을 붉게 물들이는 저녁노을과 같이 찬란하고 평화로운 사랑이다.

사람은 몸이 먼저 늙는 걸까? 아니면 마음이 먼저 노화되는 걸까? 마음이 즐거워지면 몸이 건강해진다. 몸이 건강해지면 마음은 절로 즐거워진다. 이성을 만나 호기심과 관심을 갖고 데이트를 즐기다보면 청춘들이 전혀 부럽지 않다고 노년들은 말한다. 왜냐면 그들이 이미 또 다른 청춘을 만끽하고 있으니까 말이다.

노년의 무료함은 절망이란 친구와 손잡고 온다. 노인의 70퍼센트가 앓고 있다고 하는 우울증도 역시 무료함과 무관심에서 오는 정신적인 질병이다. 자신이 무가치하게 느껴질 때, 그 누구와도 소통할 수 없을 때, 모든 기쁨이 추억 속에만 갇혀 있을 때, 노년들은 절망한다. 누군가에게 잘 보이고 싶고, 그 어떤 사람에게 특별한 존재로 인식될 때 느끼는 생동감과 활력이 얼마나 소중한가?

　노년을 어떻게 보내느냐에 따라 청춘은 잡히기도 하고 한없이 멀어지기도 한다.

정말,
죽어도 좋은 걸까?

몇 해 전 〈죽어도 좋아〉라는 영화가 세상을 놀라게 한 적이 있다. 그때까지만 해도 금기시했던 노년의 성과 사랑을 주제로 한 영화였기 때문이다. 노년 세대를 연구하는 사람으로서 그 영화를 보고 지인들과 토론을 벌인 일이 있었다. 세대마다 각기 반응이 달랐다.

20대, "와, 환상적이에요. 노년에도 그런 걸 하는구나."

30대, "지금도 섹스리스(sexless)인데 그 나이에 그게 가능해요?"

40대, "나보다 훨씬 낫다."

50대, "영화니까 과장이 심하겠지!"

60대, "그 내용이 사실이야. 내 친구도 지금 열애 중이거든!"

70대, "그러게, 남자는 기술이 좋아야 해! 마누라랑 같이 봤다가 요즘 내가 혼나고 있어!"

다행히도 내 주변에는 섹스 문제로 고민을 하는 분들에게 솔직한 이야기를 해줄 수 있는 시니어 친구들이 있다.

"아니 아무리 사실적 기법이 두드러진 영화라지만 노년의 여성을 그렇게 잡으면 어떻게 해? 에로티시즘이 삭감되잖아? 난 그게 싫었어!"

"난 선배 언니랑 같이 봤는데 그 언니는 81세야. 내가 물었지. 배우가 언니 피부만 못하네. 언니는 도대체 피부 관리를 어떻게 하는 거야?!"

"여자 친구랑 같이 봤는데 왠지 자꾸만 손에 땀이 나서 혼났어. 그 영감이 정말 부럽더군."

"아냐, 이 친구야! 자넨 아직도 설익었어. 제발 터득을 좀 하라구. 여성들이 갱년기 이후에 각 방을 쓰는 건 다 남편들 탓이야. 여성을 좀 더 연구하라구. 이봐! 우리 부부를 보게. 내가 의사라서가 아냐. 70살이 넘은 우리 마나님이 점점 더 예뻐지잖아."

"내가 어떤 일본 번역서를 보니까 급랭법(急冷法)이 좋아! 일본의 시니어들은 그 비법을 아직도 선호한다는군 그려. 그러니까 쉽게 말해 남성의 중요한 부분을 얼음물에 담그는 거지. 맨처음에는 기절할 것 같은 기분이지만 점점 그 횟수를 늘리면 정말 기능이 좋아지고 강해져!"

"뭐니 뭐니 해도 한국산 육쪽마늘이 최고야! 내 비법이야. 마늘을 하루 6알 정도 장복하라구. 그러면 스태미너가 최강이야!"

이 정도로 대화가 무르익으면 난 다음 질문을 던지게 된다.

"선생님, 호기는 그만 좀 부리시구요. 그러다 일 나면 어쩌죠? 정말 무슨 사고라도 나면 어떡해요?"

"그래, 그래. 유 아나운서! 좋은 질문하셨어. 사실 노년들은 무리하면 큰일 나지. 심장이 튼튼하지 않고 발기에도 문제가 있고 상대 파트너는 갱년기 이후라 여성으로서 통증도 많이 느끼고. 또 제일 문제는 늘 하던 방식을 고수하는 거지. 세상에서 제일 불행한 부부가 누군지 알아? 할아버지는 너무 왕성한데 할머니는 약해서 각방 쓰고 도망 다니는 노년들이라고. 그러니 보약은 영감들이 먹을 게 아니라 마나님에게 갖다 바쳐야 해."

"네, 감사합니다. 어르신들 더욱 건강 잘 관리하세요."

이 정도쯤 이야기를 나누고 나면 정말 나도 뻔뻔한 아줌마가 다 된 것 같다.

노년의 성은 정말 자연스럽다. 맨 처음 〈청춘〉에서 '노년의 성'을 주제로 시리즈 방송할 때, 이런 주제가 방송 윤리에 어긋나면 어쩌나 걱정하기도 했다. 다행히 뜻을 같이 하는 프로듀서와 쿵짝이 맞아 신나게 프로그램을 진행한 기억은 지금 생각해도 정말 즐겁다.

'노년의 성'을 이야기하니 〈사랑할 때 버려야 할 아까운 것들〉이란 영화가 생각난다. 잭 니콜슨이 나온 이 영화는 63세 독신남 해리(잭 니콜슨)가 50대 후반의 희곡작가 에리카(다이앤 키튼)를 만나 뒤늦게 서로에게 필요한 사랑을 확인하고 새 출발을 한다는 내용이다. 실제로 잭 니콜슨은 당시 67세의 나이로 열연을 했는데 정말 매력적이었다. 이 영화는 노년으로 접어드는 시기의 사랑에 대한 보고서라 할 만큼 다양한 노년 세대의 삶과 그들이 겪는 변화들을 세밀하게 보여주고 있다.

그런데 혹시라도 당신에게 노년의 불청객, 섹스 트러블이 생긴다면 어떻게 해야 할까?

첫째, 심장이 튼튼하지 않을 경우, 섹스하기 전 혈압을 꼭 재보도록 해야 한다. 혈압기는 항상 침실이나 소파 가까운 곳에 둔다. 단, 간호사와 의사 같은 표정과 태도는 금물이다. 자연스럽게 사랑의 눈빛으로 상대의 건강 상태를 체크해주는 센스는 기본이다.

둘째, 혹시 관계를 가지는 도중에 무슨 일이 생기다면 응급 상태에서 우황청심환을 먹여서는 안 된다. 나이 드신 분들은 우황청심환을 가정상비약이자 만병통치약으로 아는데 오히려 위험하다는 전문의들의 조언을 명심해야 한다. 대신 벨트와 넥타이 등 조이는 부분을 풀어주고 기도가 막히지 않게 고개를 옆으로 돌려준다. 가장 좋은 방법은 119를 부르는 것이다.

셋째, 남성을 강하게 만들어준다는 약들, 예를 들어 발기부전

치료제 비아그라, 시알리스 등은 두통, 소화불량, 어지럼증, 안면 홍조, 사지통증의 부작용이 있으니 전문의와 상의해서 복용하는 게 좋다. 특히 이런 약들은 가짜가 많으니 음성적으로 사지도 말고 권하지도 말자. 제발 종로통에서 사지 말자. 유통 경로가 확실하지 않은 약은 값이 싼 만큼 건강에는 엄청나게 나쁘다는 것을 인식하고 이를 지켜야 한다.

즐거운 섹스를 위해 노년 세대들은 준비하고 지켜야 할 것들이 많다. 이 모두를 염두에 두어 아차 하는 실수가 없길 바란다.

자, 그렇게 완벽한 준비가 되었다면 이제 활기차고 건강한 침실로 고고고!

소프트 아이스크림처럼
달콤한 성생활 1

건강한 성생활은 누구나 바라는 것이다. 성을 가리키는 용어인 'Sex'는 라틴어의 'Sexus'(나누다, 구별하다, 떼어놓다)에서 파생한 단어다. 신화에 의하면 남성과 여성은 한 몸이었는데 인간의 완전함을 두려워한 신이 이를 둘로 갈라놓았고. 그 불완전성을 해소하기 위해 남성과 여성은 섹스를 한다고 한다.

성에 대한 태도와 가치관은 개인차가 크다. 성관계가 강압적이거나, 두렵거나, 의무감이거나, 방어적이거나, 수치스럽다거나, 더럽다거나, 죄악시하는 태도나 가치관은 성을 진정으로 즐기지 못하게 하는 잘못된 생각들이다.

여기 재미있는 대화가 있다. 한 노년부부가 이혼을 하며 나눈 대화다. 한때 단란한 가정을 이루었던 이 둘은 헤어지면서 서로 좋은 친구로 남자며 쿨하게 대화했다.

남편: 그동안 나랑 살아줘서 고마웠어. 내게 해주고 싶은
　　　말은?

아내: 세 가지 짧은 거만 고쳐.

남편: 세 가지나?

아내: 그럼 한 가지라도. 첫째, 당신은 손가락이 짧아. 둘째, 당
　　　연히 중요한 심벌도 짧지. 셋째, 타임도 너무 짧아.

남편: 너무 심한 것 아냐?

　　　쿨하게 헤어지자고 하고서는 그게 뭐야?

아내: 못 할 말 한 것도 아닌데 뭘 그래. 날 제일 힘들게 한 게
　　　뭔지나 알아?

남편: 뭔데?

아내: 바로 숏 타임(short time). 그건 고칠 수 있었잖아!

이 유머를 보고 '나도 조루인데'라고 생각했다면, 이야기의 핵심을 놓친 것이다. 이 대화에서 아내가 말하고 싶었던 것은 단순히 남자의 조루가 아니다. 바로 전희에 대해 이야기를 한 것이다. 노년의 성은 전희가 주도하는 시기다.

미국의 전직 대통령 지미 카터의 『나이 드는 것의 미덕』이란 책을 보면 그는 칠순에도 아내 로잘린 여사와 완벽하고 즐거운 성생활을 누린다고 밝히고 있다.

여성 노인이 오르가즘에 도달하기 위한 시간은 점점 길어진다. 즉 전희 시간을 오래 가져야 한다는 말이다. 따라서 남성은 삽입

과 사정 같은 인터코스(intercourse)에 대한 강박관념을 버리고, 부드럽고 여유 있게 친밀감을 나누는 운영의 묘가 필요하다. 사랑은 나누는 것이다. 인격을 나누고 마음을 나누고 몸을 나누면서 삶의 에너지를 상대로부터 다시 얻게 되는 것이다.

그러나 뭐니 뭐니 해도 한국 남성들의 고질병은 길이에 대한 강박관념이다. 어려서는 소변줄기에서 남성성을 과시했던 기억이 청년을 지나 노년까지도 길고 깊게 이어진다.

남성의 발기력은 곧 파워다. 남성 노인이 발기부전이 되면 위축감과 비참함에 빠지며 큰 위기의식을 갖게 된다. 항상 상대를 만족시켜야 한다는 강박관념이 오히려 성생활을 기피하게 하는 요인이 되기도 한다.

또한 성은 남성이 항상 리드해야 한다는 인식 때문에 여성에 대해 갖는 부담감이 더 심해지는 것도 사실이다. 킨제이 보고서를 보면 발기불능의 비율이 30대 남성들에게서는 단지 4퍼센트에 불과하지만 80대 남성들에게서는 거의 80퍼센트라 밝히고 있다. 남성 역시 갱년기 장애를 겪는다는 것이다.

30대의 성과 70대의 성은 다르다. 섹스의 시간과 강도, 요구사항이 젊은 사람과는 차이가 있다. 평소 애정표현에 어색한 부부가 어느 날 갑자기 마음이 동하여 함께하고자 할 때 그 만족도가 높게 나올까? 일방적인 침실문화를 평생해 온 부부라면 어떤 기대를 하게 될까? 왜 일본의 중년, 노년의 여성들은 그들의 남편들이 벌어온 돈으로 한국행 비행기를 타며 욘사마와의 사랑에 빠져들까? 그것은 다름 아닌 욘사마의 부드러운 미소와 배려가 그녀들의 온 마음을 빼앗아가 버렸기 때문 아닐까?

마음을 끄는 침실 문화는 역시 배려가 아닐까 싶다. 남성들이 남성 위주의 성생활에서 벗어나 여성들의 미묘한 신체변화와 예민한 심리상태에 좀 더 신경을 쓰고 관심을 갖는다면 억지 홀아비가 되는 일은 점점 줄어들 것이다.

공원에서 산책할 때 아내와 손잡고 걷는 노신사, 잠에서 깨어나자마자 '밥줘'라는 말 대신 자기처럼 늙어가는 아내를 가볍게 안아주는 남편, 아내 생일날에 한 번이라도 좋으니 인스턴트 미역국이라도 끓여주는 사랑스런 영감, 와인 한 잔을 들고 아내에게 칭얼대는 남편이라면 어느 늙은 아내가 잠자리를 피할까?

자, 그럼 여기서 여성들에게 호감을 얻는 방법을 공개한다.

첫째, 서두르지 않는다. 부드럽고 정감 있는 스킨십을 자주하자. 여성들의 기대를 꺾는 것은 남성들이 너무 자신들의 감정대로 움직이고 만족하기 때문이다. 즐거움도 없고 성교통까지 느끼는 섹스라면 누가 기다리겠는가? 남성 위주의 성관계를 통해 여성이 느끼는 상실감과 소외감, 굴욕감은 남편을 멀리하고 미워하게 되는 원인이 된다.

감정을 나누고 친밀감을 즐기고 행복한 기분을 길게 가져가려면 이제는 남성 중심에서 벗어나 여성의 눈을 보고 여성의 마음을 읽는 훈련이 필요하다.

둘째, 혹시 뜻대로 잘 안 되더라도 아내를 꼬옥 안아주는 연습이 필요하다. 여성은 사랑받는 존재일 때 더 안정감을 느낀다. 오랫동안 서로를 안아주고 만져주는 것만으로도 부부의 친밀감은 높아진다. 강압적으로 무리하게 시도하다 오히려 심신이 지쳐버린다면 오히려 자신감은 바닥에 떨어지게 되니 그저 부부가 한 이불 속에서 엉덩이를 토닥거리고 손을 잡는 것만으로도 가끔은 위안을 삼는 여유가 필요하다.

셋째, 트러블이 많아지는 노년의 성생활에 도움을 주는 방법들을 이용한다. 여성의 질 건조증 극복을 위해 윤활제나 질 크림 등을 사용하면 좋다. 또 전문의와 상의하여 호르몬 대체요법을 받는다면 새로운 활력을 유지할 수 있다. 남성 역시 성기능 장애를 도울 수 있는 치료법들을 활용한다. 발기부전에 도움이 되는 음경보형물 삽입술은 비용이 비싸다는 것이 흠이지만 약물 부작용이 없다는 장점이 있고, 음경의 혈류장애가 거의 없을 때는 남성을 강하게 하는 약들이 도움이 되기도 한다.

넷째, 원만한 성생활을 지속시키는 힘은 역시 체력 보강이다. 수영, 걷기, 사이클, 팔굽혀펴기 등의 운동은 혈액순환을 돕고 노화를 방지한다. 또 평소에 괄약근을 조이는 운동을 하면 회음부의 근육이 단련되어 발기력이 강화되고, 여성은 성감을 높이는 효과가 있다.

다섯째, 체위를 선택할 때도 변화가 필요하다. 자신의 건강 상태에 따라 자연스럽게 다양한 시도를 하는 것이 좋다. 심장에 부담을 느끼거나 허리가 안 좋을 때는 옆으로 가로 누워서 하는 자세나 후배위가 적격이라는 전문가의 조언은 참고할 만하다.

세상에는 남성과 여성 그리고 제3의 성이라는 아줌마가 있다는 우스갯소리가 있다. 그렇다면 노인은?

그들은 무성적 존재가 아니다. 이제 우리의 인식을 바꿀 때도 되었다. 나이트클럽과 같이 노인들만의 사교장인 '시니어클럽'이 곳곳에 생기고, 피하고 싶은 성이 아니라 즐거운 노후의 성생활을 누릴 수 있다면 그저 지나가는 세월을 원망하며 한탄하지는 않을 것이다.

시니어들이여 우리 다 같이 침실 문화를 개선해보자. 남성들이여 제발 아이스크림 같은 사랑을 그녀들에게 선물하자. 소프틀리 앤 슬로울리(softly & slowly)!

소프트 아이스크림처럼 달콤한 성생활 2

80세 할아버지와 70세 할머니가 재혼을 했다. 부부는 제주도로 신혼여행도 갔다. 첫날밤, 달빛은 교교하고 파도 소리만 들리는 적막한 밤에 할아버지가 할머니 손을 덥석 잡았다. 그러자 할머니는 소스라치게 놀란다. 그러나 잠시 후 할아버지의 코고는 소리가 파도 소리보다 더 크게 들린다. 첫날밤이란 게 영감에게는 너무 힘든 여정이라고 생각하고 할머니는 그냥 잠을 청한다.

이튿날, 제주 일일관광 코스를 반만 돌고 드디어 밤이다. 할아버지가 할머니 손을 다시 꼬옥 잡는다. 기대를 잔뜩한 할머니 괜한 상상에 얼굴이 붉어진다. 그러나 할아버지는 미동도 없다.

드디어 마지막 날, 할머니는 신혼여행의 깊은 의미를 다짐한다. 오늘은 기필코 영감과 꿈같은 밤을 보내리라! 그런데 할아버지 왈,

"여보, 색시, 이틀 연속 힘을 썼더니 힘들구려. 오늘은 손을 놓고 잡시다."

이 유머를 들려주면 20대, 50대, 70대의 반응이 각각 다르다. 20대는 까르르 웃고, 50대는 반쯤 웃는다. 그리고 70대는 허허 하며 허망한 웃음소리만 낸다.

과연 노인들에게 성이란 무엇일까? 부부생활에서 성생활을 유지하지 못하면 무엇으로 살까? 대화는 줄어들고 서로에 대한 섭섭함만 커지는 노년기에 알콩달콩 살기란 참 어려운 일이다. 성생활이 없어지면 부부는 소원해져만 가는 걸까?

일반적으로 동년배라면 할머니보다 할아버지들이 성에 더 집착하는 경향을 보인다고 한다. 모두가 그런 것은 아니겠지만 남성 노인들이 성에 집착하는 데에는 이유가 있다. 많은 남자들이 성적인 능력을 사회적인 성취감과 동일시하기 때문이다. 마치 성적 능력을 잃으면 인생에서 모든 게 끝이고 앞으로 자신은 쓸모없는 인간이 되는 것 같다는 두려움을 가지고 있다.

하지만 '안 되는 것'을 억지로 노력한다고 잘되겠는가? 노년이 오면 할아버지나 할머니나 몸이 변화한다는 것을 너무도 잘 안다. 그렇다고 마음도 접어야 하는 것은 아니다. 젊을 때의 사랑이 있고 중년의 로망이 있으며 노년의 에로도 있다.

세계에서 사랑을 가장 많이 한다는 프랑스 사람들도 노년부부들 사이에는 애로사항이 있는 것 같다. 프랑스 70대 노인들도 36퍼센트만이 성관계를 유지한다고 하니 나머지 64퍼센트는 성생활과 떨어져 있다는 말이다. 조금 위안이 되는가?

부산대학병원에서 노인들의 성생활에 대한 조사를 했는데 60대 이상의 남자들 중 15~20퍼센트만이 일주일에 한 번 성생활을 한다고 한다. 그렇다면 80~85퍼센트는 무엇을 할까? 과연 성생활이 없으면 성 문화도 없다고 치부할 수 있는가? 그렇지 않다. 꼭 성관계를 가져야만 성 문화를 누리고 있다고 말할 수는 없다.

한국 남자들은 터치에 약하다. 그런데 사실 많은 여성들이 바라는 것은 바로 그 터치다. 스킨십이다. 안아주는 것이며, 가벼운 뽀뽀를 하는 것이다.

여성은 갱년기 이후 몸의 변화가 많다. 여러 가지 성생활에 도움을 주는 제품을 써야 하니 귀찮기도 하다. 발기부전과 질 건조증은 남성과 여성이 겪는 대표적인 '애로사항'이다. 이럴 때일수록 침실 문화를 바꾸어보려는 노력이 필요하다. 젊을 때 하던 식이 아닌 노년만의 새로운 방법으로 말이다. 인터코스(intercourse, 삽입섹스)보다 아우터코스(outercourse)의 생활을 즐기는 것은 노력해볼 만한 일이 아닐까?

남성들이 평생 동안 오해하는 것 중 한 가지가 '파워 섹스'를 해야 한다는 것이다. 그러나 성생활의 만족도는 어떠한가? 여성이 더 행복해하는가? 그렇지 않을 것이다.

나이가 들면 조금은 다른 접근법이 필요하다. 힘들고 어려운 것보다 잘할 수 있고, 가능한 것에 관심을 갖자. 아우터코스는 삽입섹스인 인터코스보다는 좀 더 다양하고 복잡하다. 이것은 서로가 함께하는 시간, 스킨십, 안아주기, 친밀감 있는 대화 나누기, 요리와 같은 취미나 운동 함께하기 등을 모두 포함하는 개념이다. 간접적인 성행위라고 하는 아우터코스는 시간도 많이 걸리고, 노력도 많이 해야 하고, 파워풀 하지도 않다. 그러나 가랑비에 옷 젖는 줄 모른다는 속담처럼 서로의 마음을 헤아려주고 녹여줄 수 있으니 이보다 더 좋은 것이 어디 있으랴!

유머 속의 할아버지는 어쩌면 아우터코스의 추종자가 아니었을까? 꼭 잡은 손에서 센 맛을 느끼는 할머니의 감성도 귀엽다.

노년이여, 더욱더 사랑하자. 인생은 짧고 밤은 길기만 하니!

나는 노년의 성생활이나 죽음을 방송 아이템으로 선택하고 섭외를 할 때, 자신의 내적인 편견과 얼마나 많이 싸워야 하는지 그동안의 방송 경험을 통해 충분히 알고 있다.

지금이야 존엄사니 안락사니 하면서 품위 있는 죽음에 대한 논의도 많이 하지만 그 당시만 해도 새벽에 진행하는 노인대상 프로그램에서 죽음을 정면으로 다루는 일은 위험한 요소가 많았다. 그만큼 걱정도 많았다. '죽음'이란 용어를 공중파에서 어떻게 표현해야 좋을까? 아침을 시작하는 상쾌한 기분에 찬 물을 뿌리는 우울한 아이템이 되지는 않을까? 무슨 사회를 고발하는 프로그램도 아니고, 죽음을 테마로 시리즈로 기획하느냐고 프로듀서와의 의견 충돌도 많았다. 하긴 어르신 요가를 설명하면서도 송장자세를 어떻게 표현을 하냐며 설전이 오가기도 했으니 오죽했을까.

그런데 15년 동안 노인대상 프로그램을 진행하면서 터득한 것이 있다면 TV보다 라디오가 마음을 잘 전달할 수 있는 매체라는 믿음이다.

문제는 접근방법이다. 피하고 금기시한다고 해서 찾아오지 않는 것도 아닌 죽음과 관련된 제반 문제들을 진지하고 깊이 있게 다루어보자는 취지가 나쁘지 않았다. 조용한 새벽 시간에 죽음에 관한 종교적이고 철학적인 자세와 장례 문화 등의 현실적인 문제, 남은 가족에 대한 배려, 생의 마감에 대한 정보들을 전했다. 방송이 진행되면서 어르신들은 정말 이 나이 되도록 한 번도 진지하게 죽음을 생각해본 적이 없는데, 불쾌하고 괘씸하기는커녕 오히려 유익한 정보였다는 반응을 보내왔다. 그게 벌써 6~7년 전의 이야기다.

요즘은 노인연구가들을 중심으로 노인학교나 노인복지관 프로그램에서 죽음을 준비하는 수업이 알차게 진행되고 있다. 그런데 죽음준비교실의 대상을 꼭 노인 층으로 한정 지을 필요는 없을 것 같다. 세상에 오는 것은 순서가 있지만 가는 것은 순서가 없다는 말도 있지 않은가?

죽음과 관련한 주제 중 사회적으로 가장 많이 이슈가 되고 있는 안락사에 대해 이야기를 해보자. 안락사는 자비로운 살인(mercy killing)이라고도 불리는데, 환자가 고통스러운 불치병으로 회복가능성이 명백하게 없을 때 환자에게 고통 없이 죽음에 이르게 하는 행위나 처치를 말한다.

안락사에는 두 가지 종류가 있다. 적극적 안락사는 환자가 견디기 힘든 극심한 고통에 시달리고 있을 때 환자의 요청에 의해 약물을 투입해 인위적으로 죽음을 앞당기는 행위이다. 즉 의료진이 적극적으로 개입을 하는 경우를 말하며 이를 적극적 안락사로 본다. 소극적 안락사는 식물인간 상태인 환자에게서 인공호흡기를 떼는 행위처럼, 의료진의 소극적 개입이 있을 때를 말하며, 이를 일반적으로 존엄사의 범위로 본다. 존엄사는 품위 있는 죽음이다. 하지만 해외에서도 안락사의 허용 여부는 여전히 논쟁거리다.

네덜란드에서는 1973년부터 생을 편안하게 마감할 수 있는 권리를 달라는 운동을 시작했다. 결국 세계 최초로 2001년 안락사가 법적으로 부분 허용되었다. 네덜란드는 문화적으로 매우 독창적인 나라답게 동성애, 마약, 매춘까지 법적으로 허용한다.

벨기에와 스위스도 소극적 안락사를 허용하는 유사법안을 제정했고, 룩셈부르크와 태국 등도 안락사 허용국으로 분류된다. 스위스는 극심한 정신질환을 앓고 있는 환자의 경우도 육체적 질병과 마찬가지로 의사의 도움을 받아 안락사를 선택할 수 있다는 판결을 내려서 정신질환자에 대한 안락사의 가능성을 열어놓았다. 스위스의 이런 판결로 인해 불치병에 걸린 외국인들이 자살을 위한 도움을 받기 위해 스위스를 찾는 경우가 많아지고 있다. 일명 이 '죽음의 관광'으로 인해 스위스의 대외 이미지가 나빠지자 연방정부는 이에 대한 규제를 추진하고 있는 실정이다.

프랑스는 2004년 존엄사를 선택할 권리를 보장하는 내용의 '인생의 마지막에 대한 법'을 제정했고, 영국은 3년 이상 식물인간일 경우 판례와 사회적 분위기로 존엄사를 용인하고 있지만 여전히 '죽을 권리'에 대한 논란은 계속되고 있다.

캐나다도 소생가망이 없는 환자들에 한해 연명치료를 중단하는 것을 가능하게 만들었고, 일본의 경우는 판례에 따라 소극적 안락사를 관행적으로 인정하고 있다.

미국은 현재 44개 주가 안락사를 불법화하고 있지만 나머지 주는 구체적으로 언급하지 않고 있다. 1997년 오리건 주에서는 자살방조법인 '존엄사법'을 제정했다. 만 18세 이상의 말기 불치병 환자가 둘 이상의 의사로부터 '반 년 내 사망' 진단을 받으면 약물 처방을 받을 수 있도록 한 것이다. 오리건 주에서는 법 제정 이후 말기 암환자를 중심으로 2004년까지 208명이 극약 처방에 의해 안락사했다.

인간이란 존재는 세상에 태어나는 것도 세상을 떠나는 것도 자기 마음대로 할 수 없는 피조물이다. 생명과 관련된 것은 인간의 영역이 아닌 신의 영역에 속한다고 보기 때문이다. 그러나 현대 의학의 발달로 중환자실에서 인공호흡기로 무의미한 생명을 연장하고 있는 환자가 100년 전만 하더라도 지금처럼 의료기기에 의한 연명치료가 가능했을까를 생각해보면 답이 나온다. 건강한 이들에게는 자연사가 가능하지만 일단 중환자가 되었다면 인간이 자연사하기란 정말 어려운 것이 현실이다. 한 인간이 회복 불가능한 상태에서까지 인공호흡기, 심폐소생술 등을 받는 고통 속에서 생명을 거두게 되는 상황이 참 안타깝다.

죽음은 인생에 있어 누구나 거쳐야 하는 통과의례다. 어찌 보면 나이와 꼭 상관이 있는 것도 아니다. 고통스러운 질병이나 사고로 유명을 달리하는 젊은이들은 또 얼마나 많은가?

삶은 동전의 앞뒷면과 같다고들 한다. 빛이 있으면 어두움이 있고 아침이 오면 저녁이 되는 것처럼 진시황의 불로초도, 악마에게 영혼을 팔았다는 파우스트도, 결국은 영원히 사는 길을 발견하지는 못했다. 죽음에 대한 생각은 결국 받아들이는 자세에 달려 있다. 우리 모두 언젠가 맞이하게 될 죽음에 대해 생각해보는 시간을 가지는 것은 어떨까?

아름답게 마무리하는 삶, 웰다잉

언제부턴가 우리는 웰빙이란 단어를 생활 곳곳에 쓰고 있다. 〈잘 먹고 잘사는 법〉이라는 TV 프로그램까지 있을 정도니 말이다. 사람이 살면서 먹는 것에 치중한다고 해도 과언이 아닐 정도로 잘 먹으면 건강해지고, 건강하면 행복하고, 행복하면 잘사는 것이라는 등식이 성립하는 것 같다. 사람이 태어나서 잘 먹고 잘 사는 것은 누구나 원하는 일이다. 제철 음식과 유기농 식품을 먹고 스트레스를 해소하며 친환경적으로 살아가는 법을 배우고 실천하는 것은 권할 만한 일이다. 그러나 그 웰빙의 끝은 어디일까?

산이 좋아 산을 타는 사람은 산에서 죽는 것이 소원이라고 말하고 골프에 빠져서 사는 사람은 라운딩하다 죽으면 여한이 없겠다 말한다. 자기가 평생 즐기며 시간을 보냈던 것에 빠져 세상을 갑자기 떠난다는 것, 과연 정말 행복할까?

먹고 살며 즐기는 것에 익숙하다보면 죽음이란 단어는 먼 미래에나 오는 유령 같은 존재처럼 느껴진다. 하지만 예고 없이 불쑥 찾아오는 것이 죽음이고 그런 죽음 앞에서 맥없이 있게 되는 것이 인간이라면, 아직 시간이 남아 있을 때 죽음을 객관화시켜 한 번쯤 생각해보는 자세 또한 필요한 일이라고 생각한다.

죽음에 대한 문화는 민족과 나라마다 차이가 난다. 우리는 죽음에 대한 터부가 강해 죽음에 대한 논의 자체를 금기시하는 문화 속에서 산다. 또 지역마다 차이가 있긴 하지만 산자와 죽은 자에 대한 구분도 심해 고인을 기리는 유품을 다 태워버리고 없애는 경우도 많다. 산소는 지역에서 멀리 떨어진 곳에 쓰며 화장터나 장례식장이 지역에 들어오면 죽을 힘을 다해 몰아내는 님비현상도 심하다.

외국의 문화는 우리와 좀 다르다. 유서를 미리 쓰는 문화가 일반적이다. 추모공원이나 공원형 묘지를 가봐도 생활권 안에 위치하고 있는 경우가 많다.

언젠가 파리에서 계약 결혼으로 새로운 삶의 패턴을 보여주었던 프랑스의 지성 사르트르(Sartre, Jean Paul)와 여성 해방 운동가였던 보부아르(Beauvoir, Simone de)의 묘지에 간 적이 있다. 동지로 친구로 연인으로 살았던 그들이 세상을 떠나며 후세들에게 전하고 싶었던 메시지는 무엇이었을까?

파리 시내에서 멀지 않은 곳에 있던 그 구역은 외국인인 나 역시 쉽게 찾아갈 수 있었고, 처음 가본 곳이었지만 전혀 낯설거나 무섭지도 않았다. 오히려 묘비명의 심플함에 매료되었다. 묘지 앞에는 떠난 이의 취향을 알 수 있는, 혹은 떠난 자를 그리워하는 사람들의 기호를 파악할 수 있는 예술 작품들이 눈에 띄었다. 묘지를 지키는 예술 작품이 많은 것도 프랑스 묘지들의 특징 같았다.

그녀가 잠들어 있는 공원형 묘지를 나오자 바로 큰길이 보였고, 길 건너편에는 사람들이 살고 있었다. 한두 정거장만 가면 맛있는 레스토랑이 즐비한 그곳에서, 산다는 것과 죽는다는 것이 그저 일직선상에 있는 과정이란 생각이 들었다. 삶과 죽음에 대해 이런 저런 생각을 하며 걷다보니 어느새 근사한 레스토랑이 나타났다. 100년이나 되었다는 유명한 레스토랑에서 화이트 와인을 마시며 삶에 대해, 사랑에 대해, 죽음에 대해, 남겨지는 것들에 대해 이야기를 나누었다. 바로 파리의 공원묘지 근처에서.

웰다잉이란 잘 죽는 것이다. 죽는다는 것에 잘한다는 단어가 붙어 있으니 좀 이상하긴 하지만 웰다잉은 분명 좋은 죽음, 준비된 죽음을 의미한다. 좋은 죽음(Good death)은 본인이 고통 없이 죽는 것, 즉 오래 아프지 않고 힘들지 않게 죽는 것을 말한다. 그러나 이 죽음에는 남은 자들에 대한 배려가 없다. 흔히 노인들이 말하는 '자다가 그냥 죽었으면 좋겠어'에 해당하는 죽음이라고나 할까? 부모의 임종을 지키지 못하는 자식들이 갖는 죄책감, 죄송함, 도리를 다하지 못했다는 송구함을 외면하는 죽음이다.

그렇다면 준비된 죽음(Appropriate death)은 어떨까? 이 죽음은 좋은 죽음이 지닌 문제점을 보완하기 위해 제안된 개념이다. 본인은 죽음을 수용하고, 남은 가족들의 삶을 배려하고, 자신으로 인한 여러 문제들을 해결하고 죽는 것이다.

준비된 죽음을 맞기 위한 원리를 살펴보면, 죽음이 다가오고 있다는 것을 아는 것, 인간의 존엄성과 개인성을 보장 받을 것, 어디서 죽음을 맞이할 것인가에 대한 선택을 할 수 있을 것, 영적인 후원이나 정서적인 후원이 필요할 때 그것에 접근 가능할 것, 임종 시에 누구와 함께하고 싶은가에 대한 발언권이 있을 것, 자신의 뜻에 맞는 유언장을 만들어놓을 것, 소중한 이들과의 작별 시간을 가질 것, 임종 시에 삶을 공연히 연장하지 않을 권리 등이 있다.

웰 다잉을 주제로 한 책 미치 앨봄(Mitch Albom)의 〈모리와 함께한 화요일〉은 전 세계인들에게 살아가는 것과 죽어가는 것에 대한 의미를 알려주는 죽음 교과서와 같은 책이다. 희귀한 루게릭병을 앓는 사회학과 교수 모리 슈워츠가 그의 제자 미치와 만나면서 세상을 떠나기 전 매주 화요일에 가진 삶과 죽음에 관한 강의 내용을 적은 것이 그 줄거리이다. 모리는 말한다.

"죽게 되리란 사실은 누구나 알지만, 자기가 죽는다고는 아무도 믿지 않지. 만약 그렇게 믿는다면 우리는 다른 사람이 될 텐데."

"죽음에 대해 좀 더 긍정적으로 접근해보자구. 죽으리란 걸 안다면, 사는 동안 자기 삶에 더 적극적으로 참여할 수 있거든."

"일단 죽는 법을 배우게 되면 사는 법도 배우게 되지."

즉, 좋은 죽음이란 준비를 하는 죽음, 죽음을 현실로 인정하는 것에서 시작한다는 얘기다. 부음 소식을 듣게 될 때 호상이란 말을 하는 경우가 있다. 물론 가족에게는 끝없는 상실과 아픔이지만, 객관적으로 고인의 죽음을 바라보는 사람들에 의해 불리는 호상이란 고인이 천수를 다하고 세상과 이별하는 죽음, 자녀가 임종을 지키는 죽음, 부모 노릇을 다하고 맞는 죽음, 부모를 앞선 자녀가 없는 죽음, 고통이 없는 죽음, 자신의 죽음을 준비한 죽음 등을 가리킨다. 일종의 웰다잉이다.

웰다잉은 웰빙보다 짧은 기간이지만 그 기억은 영원하다. 누군가의 죽음을 돌아봤을 때 다행이다, 감사하다, 보고 싶고 그립지만 가시는 길이 아름다웠다고 말할 수 있을 때 행복하다. 그러니 살면서 아직 시간이 남아 있을 때 자신의 일생을 되돌아보고 사랑하고 감사하는 시간을 가져보자.

남은 가족에게 전하는 내 뜻, 유서를 적어보자. 유서에는 자손들에게 남기는 당부와 유산 상속을 기록하자. 유산이 없어 기록할 것이 없더라도 유언으로 남기고 싶은 말은 반드시 있을 테니 그런 내용을 적으면 된다. 재산 관련, 채무채권 관계, 묘지와 장례 절차에 관련된 내용도 자세히 적으면 도움이 된다.

신앙생활은 죽음의 공포에서 벗어나게 하는 데 도움이 되는 정서이다. 내세를 믿는다는 것은 죽음 이후의 삶에 대해 소망을 주는 행위이다. 신앙이 있는 사람들이 신앙이 없는 사람들보다 더 행복한 죽음을 맞이한다는 연구결과를 기억해두길 바란다.

웰다잉은 웰빙을 한 사람들이 마지막 완주를 하는 결승선이다. 떠나는 자나 남겨진 자 모두에게 본받을 만한 좋은 기억으로 남는 아름다운 죽음을 준비하자.

품위 있게 죽을 권리, 아름다운 임종 문화

우리에겐 만으로 따지는 나이라는 게 있다. 일 년을 살아야 첫돌이라 하며 가족 친지와 함께 돌잔치 신고를 한다. 임신했을 때 태교에 엄청 신경을 쓰고 좋은 것만 보고 먹으라고 한다. 한 사람이 생명을 갖고 세상에 태어나는 일, 분명 기뻐하고 축복할 일이다.

반대로 한평생 잘 살면서 자식을 낳아 기르고 노년이 되어 어느 날 세상과 이별할 때가 왔을 때 감사한 마음으로 떠날 수만 있다면 그 인생은 복되다고 말할 수 있을 것이다.

평소에 죽음을 너무 무섭게만 바라보는 한국인의 정서상 '죽음준비 교육'은 참 낯설고 마음이 불편한 일이다. 아기를 가졌을 때 '태교'는 열심히 해도 죽음에 대해 교육을 받는, 일명 '사교(死敎)'는 왜 없는지 궁금하기도 하다.

미국에서는 1960년대에 미네소타 대학교에서 '죽음의 준비과정'이라는 교과목이 처음 개설된 바 있다. 1966년에는 죽음 전문 학술잡지 『OMEGA』가 창간되고, 1970년대에는 20여 개 대학에서 죽음에 대한 과정이 개설되었다. 현재 초·중·고교에도 다양한 프로그램이 마련되어 있다. 죽음교육 모델을 살펴보면 죽음에 대한 개념과 태도, 죽음의 과정과 사건, 연령별 죽음의 인식과 이해, 안락사에 대한 토론, 호스피스에 대한 정보, 죽음과 그 이후의 세계, 장례의식, 자살과 자살 방지 교육 등 상세한 내용이 이루어진다.

독일은 역시 철학의 나라답게 중세부터 죽음에 대해 관심이 많았다. 20세기 이후 의학의 발달로 죽음에 대한 철학적인 생각에 소홀했으나, 1980년대부터는 학교 수업과목으로 '죽음의 준비교육'이 채택되고 있다. 독일 고등학교의 죽음교실은 인간의 성장과 노화, 죽음, 죽음의 해석, 의학과 죽음, 죽음 이후, 자살과 안락사, 에이즈(AIDS) 등의 윤리적 문제 등을 다룬다.

일본은 독일에서 일본으로 귀화하여 생사학의 연구와 보급에 힘쓴 알폰스 데켄(Alfons Deeken)에 의해 많은 영향을 받았다. 그는 1982년 '일본의 삶과 죽음을 생각하는 회'를 창설했고 이 모임을 통해 죽음에 대한 사회적 관심을 이끌어내고 있다.

우리나라는 현재 대학 부설기관인 평생교육원에서 죽음준비교육을 진행하고 있다. 한림대, 서강대, 고려대에 강좌가 개설되어 있으며, 1991년에 발족한 '삶과 죽음을 생각하는 회'와 노원

구의 노인종합복지관이 죽음준비 교육을 알차게 진행하면서 노인과 그 가족들에게 학습의 기회를 제공하고 있다.

죽음 앞에서 인간은 평등하다. 누구나 죽고, 언제든지 죽을 수 있고, 어디서든지 죽을 수 있다. 누가 언제 어디서 어떻게 죽을지 정해져 있지 않다는 점에서 이보다 더 평등한 명제는 없다.

그러나 죽음 앞에서 평등한 인간들의 죽어가는 모습은 천차만별이다. 절망과 두려움에 죽지 않는다고 끝까지 부정하거나 분노의 폭발, 슬픔에 잠겨 헤어나지 못하는 죽음도 있고, 죽음을 담담히 현실로 받아들이는 모습, 여유 있는 태도로 죽음에 임하는 자세도 있다.

죽음을 제대로 이해한다는 말은 인간이 존엄함을 갖고 죽는다는 말이기도 하다. 바람직한 죽음이란 죽음을 인정하고 의연한 현실로 맞이하는 것이지만 이런 자세는 결코 처음부터 생기지 않는다. 죽음을 수용하는 자세에서만 이런 마음과 태도가 나오니 어찌 보면 삶은 죽음에 임하는 순간까지 성장하는 과정인지도 모르겠다.

우리나라에서 웨딩 장식으로 많이 쓰이는 카라는 서양에서는 오히려 장례식 장식에 많이 쓰이는 꽃이다. 우리가 장례식장에서 흰 국화를 많이 사용하는 것과는 다른 문화다. 흰 국화는 우리나라에서 소비되는 꽃 중에 1위를 차지하는데, 장례식장에서 흰 국화를 선호하는 이유는 경제적인 탓도 있다. 다른 꽃들은 금방 형태가 망가지거나 상하는데 국화는 꽃잎이 비교적 단단해서 오래 두어도 별로 상하지 않고 생명력이 길다.

유럽의 장례식장은 흰색이나 보라 계열의 꽃장식도 눈에 많이 띈다. 미국인들은 장례식 꽃으로 컬러풀한 색이나 붉은 계열도 사용하는 것을 보면 민족성과 꽃의 취향도 참 다양하다는 생각이 든다.

그래도 장례식장의 기본 컬러는 흰색이다. 흰색은 인생의 가장 화려하고 소중한 결혼식에 많이 쓰이기도 하지만, 인생의 종착점에서 세상과 이별하는 날에 쓰이기도 한다. 결혼식과 장례식에 쓰이는 꽃이 한 색이라니 무언가 아이러니하다. 삶에서 가장 소중한 날, 혹은 가장 무게감이 있는 날이라는 점에서 축하와 애도가 같은 범주일수도 있다는 교훈을 주는 것만 같다. 그게 인생이란 뜻은 아닐까.

나는 장례식의 영정사진을 볼 때 좀 아쉬운 생각이 든다. 너무 전통과 관습에만 얽매이는 문화 때문이다. 슬픔과 애도의 색, 흰색을 주조로 하되 고인이 평소에 좋아했던 색의 꽃도 간간히 꽂아두면 한층 다정하지 않을까. 영정사진 역시 고인을 가장 잘 나타내는 모습이 좋을 것 같다.

올해 초에 난 참 놀라운 부음 소식을 들었다. 대학 친구의 갑작스러운 죽음이었다. 알토란 같은 남매를 열심히 키우던 그 친구는 술, 담배도 전혀 하지 않았는데 간암으로 세상을 떠나버렸다. 초등학생, 중학생 남매를 두고 떠나는 그 발걸음이 얼마나 힘들었을까?

동창들과 함께 그녀의 영정사진 앞에 서자 눈물이 흘러 주체할 수가 없었다. 다행히 친구는 신앙생활을 하며 마음정리를 한 탓에 주변 사람들과 준비된 죽음을 맞이했지만 햇살처럼 웃고 있는 그녀의 영정사진은 우릴 너무 힘들게 했다. 그녀의 장례식장을 빠져나오면서 난 계속 그 사진을 지울 수가 없었다. 쾌활하고 유머가 많았던 그녀가 우리에게 웃음을 주었던 많은 나날들을 기억하며 그녀를 그리워했다. 지금 생각해보니 그 영정사진 탓도 있었던 것 같다. 반가운 미소로 동창들을 맞이했던 그녀의 영정사진은 평소의 표정과 모습을 가장 잘 담아내고 있었으니까.

장례식의 꽃장식과 영정사진의 모습. 그리고 이 모든 것을 담아내는 장례 문화. 우리가 엄숙하게 애도를 표하는 것과는 달리 이색적인 장례 파티를 담고 있는 영화가 있다. 바로 톰 행크스가 주연했던 〈필라델피아〉이다. 현대사회에서 혐오와 공포의 대상인 동성애와 에이즈 문제를 다룬 이 영화에선 마지막 장례식 장면이 압권이다.

주인공은 살아 있는 동안 그와 함께했던 지인들에게 자기를 떠나보내며 제발 즐거운 파티를 열어달라고 당부한다. 북새통에 울고불고 난리치는 장례식이 아니라 눈으론 웃으면서도 눈물이 흐르는 기념이 되는 장례식 파티.

물론 영화이기도 하고 우리의 정서와는 사뭇 다르니 그럴 수 있겠거니 하지만 이 영화를 보며 한 인간을 떠나보내는 장례식도 그의 삶과 개성에 따라 변화를 줄 수 있다면 정말 의미 있는 생의 마지막 축제가 되겠구나 하는 생각이 절로 났다.

장례식은 인생의 종착점이다. 죽음을 맞이하는 방식은 한 인간의 삶을 비추는 거울이기도 하다. 품위 있게 죽을 권리에 대한 논의가 많아지면서 우리의 임종 문화도 돌아볼 필요가 있다.

우리나라에는 병원에서 죽음을 맞이하는 환자들이 인간으로서 품위를 지키며 눈을 감을 수 있는 임종실이 거의 없다. 말기 암환자의 경우 병세가 급격히 위중해지면 독실로 옮겨진다. 임종 준비를 하라는 말이다. 중환자실에서 그대로 죽음을 맞이하게 되는 경우, 암환자가 의식을 잃은 뒤 숨질 때까지 그 힘겹고 고통스러운 과정을 여과 없이 지켜봐야 하는 다른 환자와 가족의 고통은 극심하다. 그래서 병원에는 임종실이 필요하다.

우리나라의 병원에는 임종실은 거의 없고 영안실은 많은데, 임종실이 죽어가는 자에 대한 배려라면 영안실과 장례식장은 나쁘게 말해 산자의 잔치이다.

우리에겐 임종 문화를 아름답게 만드는 작업과 함께, 죽음과 죽음을 맞이하는 방식에 대한 성찰이 좀 더 필요하다. 인간이 산다는 것은 죽음을 향해 가는 과정이기도 하다. 죽어가는 방식을 생각해보며 자신의 삶을 되새겨볼 때, 죽음을 두려워하지 않고 자연스럽게 맞이할 수 있다. 삶은 죽음에 의해 마감된다. 아름다운 인생을 정리하도록 함께 지혜를 모으자.

죽음 이후를 기획하자

요즘은 핵가족으로 살다보니 집안의 어른이 돌아가실 때도 임종을 지키지 못하고 병원 장례식장에서 고인을 애도하는 일이 많아졌다. 노년층이 주 청취자인 〈청춘〉을 진행하면서 그동안 애청하던 분의 사연이 점점 줄어들거나 간간히 전화를 주시던 분의 연락이 뚝 끊겼을 때 걱정이 많이 된다. 무슨 변화가 있으시구나, 무슨 일이 생기셨구나 싶은 마음 때문이다.

사실 내게도 바꾸고 싶은 기억이 하나 있다. 십 년도 더 된 일이지만 그 순간만 생각하면 남편에게 너무 미안하다. 새벽 5시 며느리의 방송을 즐겨 들으시던 시아버지. 평소 잘 찾아뵙지도 못하는 아나운서 며느리지만 늘 흐뭇한 마음으로 지켜봐주던 시아버지셨다. 말년에 건강 악화로 한쪽 몸이 불편하셨지만 깔끔하신 성품처럼 언제나 말끔한 모습으로 자신을 챙기는 분이셨다.

　그날은 눈이 조금 내리는 겨울밤이었고 나는 다음날이 휴일 새벽근무라 건강이 안 좋으신 시아버지만 뵙고 집으로 돌아와야 하는 형편이었다. 밤에 눈길 운전이 무서워 남편이 나를 다시 집에 태워다주었는데, 돌아오는 길에도 영 마음이 불편했다.

　과연 예감이란 게 있는 걸까? 휴일 새벽 3시에 전화벨이 울렸다. 시아버지의 부음 소식이었다. 그때는 정말이지 아나운서란 직업이 싫었다. 무슨 대단하고 역사적인 일을 하는 것도 아닌데, 이렇게 사람 사는 도리도 못하고 사나 싶은 생각이 들었다. 나는 그렇다 치고 남편은 나 때문에 부친의 임종을 지켜드리지도 못한 불효자가 되고 말았다. 남편은 그 길로 시댁으로 달려갔고 난 출근을 했다. 무슨 정신으로 오전 근무를 했는지도 모르겠다. 날이 밝자마자 대충 인수인계를 하고 장례식장으로 향했다. 아무 정신이 없었다. 그저 시아버지께 죄송하고 남편에게 미안할 뿐이었다. 죽음은 긴 이별이었다.

　혹시 호스피스를 아는가? 말기 암환자들의 끝없는 고통을 완화하며 그 가족들까지 전인적으로 돌보는 프로그램이다.

　몇 년 전에 독자들에게 호평을 받은 『아름다운 죽음을 위한 안내서』란 책을 내기도 한 최화숙 씨와 인터뷰를 한 적이 있다. 그녀는 한국 호스피스협회에서 귀중하고 의미 있는 일을 해낸 뛰어난 간호사다. 하지만 하루에도 몇 번의 죽음을 보게 되는 병동에서 죽음에 대해 너무 비탄과 비통에 빠져 있으면 일상이 허무해져서 견딜 수가 없었다고 한다.

한 영혼이 세상을 떠날 때, 남겨진 가족에 대한 미안함과 걱정이 많으면 많을수록 '안녕'을 고하지 못하고 서로 너무 힘들어지는데, 그래서 가족들에게 환자가 편하게 갈 수 있도록 도와주라고 부탁한다고 한다.

그녀도 사람인지라 안타까운 죽음 앞에서 환자를 보내고 집에 오면 사는 게 뭔지 죽는 게 뭔지 혼란스러웠다고 한다. 그럴 때 멍하니 신문을 뒤적이는 습관을 갖기도 했는데 사실 무엇을 해야 할지, 손에 잡히지 않는 삶의 무게가 느껴지는 날도 많았다 한다.

수백 명의 죽음을 만난 그녀는 자신의 책에서 영의 세계는 보이지 않으나 현존하는 세계라고 강조한다. 대부분 건강할 때는 그 세계를 보지 못하지만 임종이 임박해지면 영의 세계가 열린다고 한다. 죽음에 임박한 사람이 이 세상과 저 세상을 동시에 보는 것은 흔한 일인데, 우리 몸에서 영혼이 빠져나갈 때는 대개 2~3일 또는 몇 시간이 소요된다고 한다. 아마도 그때 잠깐이나마 양쪽 세계를 다 경험하게 되는 것 같다는 말이다.

그렇다면 이번에는 다른 질문을 하나 던져보겠다. 과연 영혼의 무게는 몇 그램이나 될까? 관심이 있다면 영화 〈21그램〉을 추천한다. 이 영화는 사고로 사람을 죽인 남자와 가족을 잃어버린 여자, 그리고 심장이식을 받은 남자의 얽히고설킨 이야기다. 누구에게는 고통스러운 삶이 또 다른 이에게는 희망의 날개가 되고, 그 반대의 사람에게는 죄책감이 되는 복잡한 구조 속에 인생의 의미를 되묻는 영화라고나 할까?

〈21그램〉은 사람이 죽고 나면 누구에게나 나타나는 체중 감소의 무게이기도 하고, 관점에 따라서는 영혼의 무게이기도 하다. 내세관의 차이에 따라 해석이 다르겠지만 영혼의 무게를 과학적으로 계량했다는 기발한 아이디어가 돋보인다.

다시 죽어가는 과정을 그려보자. 임종 과정은 개인차가 있지만 죽어가는 사람의 영혼이 자신이 속해 있던 몸에서 떠나기 위한 준비를 하는 데서 시작한다. 해야 할 일을 마치고, 화해하고, 가족들이 떠나는 자의 죽음을 허용해주는 것 등이 필요하다. 죽음은 몸이 마지막 과정을 완전히 끝내고 영혼이 화해라는 자연적인 과정을 마쳤을 때 일어난다고 한다.

최화숙 씨가 전하는 말기 암환자의 임종 과정에 나타나는 신체적 증상을 보면 다음과 같다. 환자는 손발부터 시작해 팔다리로 싸늘해지는데 이는 혈액순환의 저하 때문이다. 피부의 색깔도 하얗거나 파랗게 변한다. 또한 점차 잠자는 시간이 많아지는데 이때 환자의 몸을 흔들지 말고 환자 옆에 앉아, 손을 잡고 부드럽고 자연스럽게 이야기한다. 환자가 반응하지 못하더라도 정상인에게 말하는 것과 같이 이야기하는 것이 좋다.

환자는 신진대사의 변화로 혼돈이 생기는데, 이때 내가 누구라고 이름을 밝혀주는 것이 현명하다. 환자는 근육이완 증상으로 실금과 실변을 하기도 한다. 울혈 증상이 올 때는 고개를 옆으로 돌리고 분비물을 배출하도록 도와준다. 호흡은 정상적인 호흡에서 중간 중간에 무호흡 상태가 동반되는 체인스톡 호흡이 오는데, 그럴 때는 머리를 높여주고 환자의 손을 잡아주며 부드럽게 이야기를 하는 것이 도움이 된다.

환자는 마지막까지 들을 수 있기 때문에 환자에게 이야기를 할 때는 정상적인 목소리로 말하고 자신이 누구인지 밝힌다. 환자는 환상을 경험하기도 하는데 자기에게는 안 보인다 해서 정신 차리라고 할 것이 아니라, 환자가 보고 듣는 것에 대해 무시하거나 따지지 않는 것이 좋다. 마지막 인사는 환자가 자신의 삶을 마무리하고 육체로부터 떠날 수 있도록 도와주는 것이다. 환자와 함께 침대에 누워 손을 잡거나 입을 맞추고 껴안아주면서 하고 싶은 이야기를 나누는 것이 좋다.

사망 사실을 확인하려면 호흡을 눈여겨봐야 한다. 체인스톡 호흡을 하던 환자가 코로 긴 한숨을 내쉬고 나서 숨을 멈춘다면 임종했는지 살핀다. 휴지조각을 코에 대보면 숨을 쉬는지 안 쉬는지 알 수 있다. 호흡도 없고 맥박도 없으면 사망이다. 심장이 뛰지 않으며, 항문 괄약근이 이완되고, 외부의 자극에 반응이 없고, 눈꺼풀이 약간 열려 있으며, 눈이 어떤 한 점에 고정되어 있으면서 깜빡거리지 않는다. 턱은 늘어지고 입은 약간 벌어져 있다. 동공이 열려 있지만 빛에 대한 반응은 없다.

죽음이 인생의 마지막 관문이라면 잘 맞이하고 떠나보내는 게 아름답다. 『탈무드』에서는 출생보다 죽음이 오히려 더 격려와 칭송을 받아야 할 일이라고 역설하고 있지 않은가?

죽음을 자연스럽게 생각하자. 그래야 품위 있게 죽을 수 있다. 죽음에 대한 세미나와 모임을 가져보자. 장례식장에서 자신의 죽음에 관해 한번쯤 생각해보자.

'나는 어떤 식으로 장례식을 하고 싶은가', '내가 아끼던 것들은 누구에게 줄 것인가', '혹 당사자가 싫어한다면 어떻게 처리하고 싶은가', '영정사진은 이것으로 해주길 바란다', '재산 정리는 이렇게 하고 싶다', '장례 형태는 매장인가 화장인가, 수목장이나 산골은 어떨까?', '납골당은 어디가 좋은가?'

아무런 유지나 유언이 없다면 남은 가족들은 우왕좌왕하게 마련이다. 형제 사이에 종교가 달라서 정말 우스워지는 장례도 얼마나 많은가? 돌아가신 분의 평소 생각을 잘 받드는 장례 절차와 문화는 문상객들에게도 깊은 감동을 준다.

이것의 전적인 책임은 남겨진 가족보다는 떠나는 자의 준비에 달려 있다. 금기로 보는 죽음에 대한 생각을 바꾸고 난생 처음 맞는 자신의 장례식을 기획해보자. 가족을 포함한 남에 의해 치러지는 수동적인 장례가 아니라 자신의 생각과 취향을 반영한 장례를 떠올려본다면 오히려 마음이 편해질 것이다. 죽은 자는 말이 없다는 말을 핑계 삼아 죽음을 맞이하는 일을 모르는 척할 것이 아니라 떠난 자가 마음에 흡족해하는 장례 문화로 바꾸어가자. 문제는 준비된 마음부터다.

미리 짓는
유언과 묘비명

참 좋은 영화인데 상영관이 적거나 시간이 짧아서 놓치게 되는 것들이 있다. 그중 하나가 잭 니콜슨과 모건 프리먼이 열연한 〈버킷리스트〉다.

어느 금요일 저녁 마지막 상영일에 난 혼자 그 영화를 보러갔다. 영화가 주는 의미가 그래서인지 이상하게도 내 앞줄과 옆에 앉은 사람은 모두 혼자였다. 사실 이 영화는 호젓하게 혼자서 곱씹는 맛이 최고다.

항상 느끼는 것이지만 잭 니콜슨은 정말 개성파 배우다. 신기하게도 내가 노년을 연구하면서 영화를 보게 될 때 중요한 영화에는 그가 나온다. 그것도 꼭 주인공으로 말이다.

〈버킷리스트〉는 죽기 전에 꼭 하고 싶은 것의 목록이다. 갑자기 찾아온 죽음 앞에 방황하던 두 남자가 우연히 같은 병실에서 만나 버킷 리스트를 실행하기 위해 여행길에 오르며 겪게 되는 인생이야기다.

이 영화에서 잭 니콜슨은 커피 마니아로, 인도네시아 사향 고양이의 배설물인 루왁의 맛을 제대로 아는 성공한 사업가이다. 그가 재벌이라는 점이 즐겁다. 자동차 정비사로 일한 모건 프리먼의 수준 높은 지식과 철학적 사고 역시 매력적이다. 이 늙수그레한 두 남자의 여행길을 따라가다보면 삶이 보인다. 슬픔도 느껴진다. 허망하기도 하다. 그리고 무엇보다 죽음이 자연스럽다. 두 남자의 이루지 못한 꿈은 바로 높은 산 양지바른 곳에 묻힌 묘지에서 나타나는데, 그것 또한 이채롭다. 작고 단단한 커피 캔이 그들의 무덤이다.

영화에서는 버킷리스트로 10가지가 소개된다. 남은 꿈을 향해 질주하는 두 남자의 소원은 사냥하기, 문신하기, 카이레싱과 스카이다이빙, 눈물나도록 실컷 웃어보기, 아름답고 젊은 여자와 사랑해보기, 가족의 소중함을 재확인하기, 오해를 풀고 화해하기 등으로 기발하면서도 일상적이다.

누구나 언젠가는 맞게 될 죽음 앞에서 버킷리스트를 작성하라는 메시지와 감동을 받고, 나 역시 나만의 버킷리스트를 생각하고 있다. 살면서 계속 바뀌기도 할 테지만, 리스트가 완성된 후에는 꼭 실행하고 갈 생각이다.

죽음이 반갑지는 않다. 안타깝고 미련도 많이 남는다. 그러나 세상과 이별하면서 누구나 힘들어도 견뎌낸다. 아니, 그 슬픔을 한 차원 높이는 작업을 중단하지 않고 있다.

이번에는 다른 사람들의 죽음에 대한 생각과 묘비명을 살짝 엿보자.

나는 빌려온 시간을 살고 있다. 언젠가는 닥쳐올 소환장을 대기실에서 기다리는 격이다. 그리고는 무엇인지는 몰라도 다음 목적지로 가겠지. 사람은 다행히 이 문제로 걱정할 필요는 없다.
_아가사 크리스티의 자서전 중에서

애벌레가 세상의 끝이라고 말하는 것을, 우리는 나비라고 부른다. _리차드 바크

내가 태어난 날부터 죽음은 시작된다. 서둘지 않고 나를 향하여 뚜벅뚜벅 걸어온다. _장 콕토

자살은 극단적인 비겁함의 결과이다. _다니엘 데포

자살은 신이 금지했기 때문에 혐오스러운 것이 아니라 혐오스럽기 때문에 신이 금지한 것이다. _이마누엘 칸트

죽음은 가장 두려운 존재이지만 우리와는 관련이 없다. 우리가 있는 동안은 죽음은 존재하지 않고, 죽음이 존재하면 우리가 존

재하지 않기에. _에피쿠로스

그렇게 긴 시간 동안에 우리는 단 한 번 죽는다. _몰리에르

우리의 수명은 칠십 년, 힘이 있으면 팔십 년이지만, 인생은 고생과 슬픔으로 가득 차 있습니다. 날아가듯 인생은 빨리 지나갑니다. 우리의 인생이 얼마나 짧은지 깨닫게 해주소서. 그러면 우리의 마음이 지혜로워질 것입니다. _성경 시편 90편 중에서

모든 일을 남을 위해 일했을 분, 그 자신을 위해서는 아무것도 하지 않았다. _페스탈로치의 묘비명

자기보다 현명한 인물들을 주변에 모으는 방법을 터득한 자가 이곳에 잠들다. _카네기의 묘비명

나는 우물쭈물하다 이렇게 될 줄 알았다.
(조금 웃음이 나오는 묘비명이다. 사실 많은 사람들이 우물쭈물하다 세상을 떠난다.) _조지 버나드 쇼의 묘비명

아무것도 보지 않고, 아무것도 듣지 않는 것만이 진실로 내가 원하는 것이라오.
제발 깨우지 말아다오. 목소리도 낮춰다오. _미켈란젤로의 묘비명

(그에게 있어 죽음은 모순으로 가득 찬 세상과의 단절이었나 보다.)

아르헨티나 국민들이여. 나를 위해 울지 말아요. 이제 내가 보이지 않고 사라진다 해도 영원히 아르헨티나인으로 남을 것이고, 여러분들을 영원히 떠나지 않을 것입니다. _에바 페론의 묘비명

살았다, 썼다, 사랑했다. _스탕달의 묘비명(간결함이 정말 맘에 든다.)

웃다 죽다. _가수 조영남(유머가 담긴 철학, 자기 스타일이 있는 묘비명이다.)

한평생 웃으며 아니 웃음을 잃지 않으며 살려 했다면 정말 인생을 잘 살아간 것이 아닐까 생각한다. 묘비명은 자기 스스로 쓰기도 하고 또 자신을 가장 잘 아는 사람이 써주기도 한다. 지금부터 심사숙고해 자신의 묘비명 짓기에 도전해보자.

이번에는 유언장이다. 젊어서는 세상에서 가장 아름다운 여배우로, 말년에는 암으로 고통을 받으면서도 기아에 굶주리고 있는 아프리카의 어린이들을 위해 모금과 봉사활동을 한 오드리 햅번. 이번에는 그녀의 유언장을 소개한다.

아름다운 입술을 갖고 싶으면 친절한 말을 하라.
사랑스런 눈을 갖고 싶으면 사람들에게서 좋은 점을 보아라.

날씬한 몸매를 갖고 싶으면 너의 음식을 배고픈 사람과 나누라.
아름다운 머리카락을 갖고 싶으면 하루에 한 번 어린이가 손가
락으로 너의 머리를 쓰다듬게 하라.
아름다운 자세를 갖고 싶으면 결코 너 자신이
혼자 걷고 있지 않음을 명심해서 걸어라.
사람들은 상처로부터 복구돼야 하고
낡은 것으로부터 새로워져야 하며
병으로부터 회복되어야 하고
무지함으로부터 교화되어야 하며
고통으로부터 구원받고 또 구원받아야 한다.
결코 누구도 버려서는 안 된다.
기억하라. 만약 내가 도움을 주는 손이 필요하다면
너의 팔 끝에 있는 손을 이용하면 된다.
내가 더 나이가 들면 손이 두 개라는 것을 발견하게 될 것이다.
한 손은 너 자신을 돕는 손이고
다른 한 손은 다른 사람을 돕는 손이다.

프랑스 하면 최장수 기록으로 기네스북에 오른 잔 칼망 할머니
가 떠오를 것이다. 122세로 세상을 떠난 칼망 할머니는 86세부
터 펜싱을 배웠고 100세까지 자전거를 타는 등 명랑하고 유쾌한
삶의 모습을 세상 사람들에게 보여주었다. 장수의 비결을 묻는
사람들에게 올리브 오일과 와인 이야기를 빼놓지 않기도 했다.

그런데 요즘 프랑스에 또 한 분의 멋진 할머니가 세상 사람들의 마음에 잔잔한 감동을 주고 있다. 시각장애인이며 평생 독신으로 살다 간 브로망 할머니의 유언이 바로 그것이다. 86세로 세상을 떠난 브로망 할머니의 유서는 2009년 9월 뒤늦게 한 일간지에 실리면서 유명세를 탔다. 브로망 할머니는 파리 북서부 노르망디 해변의 항구도시에서 평생을 살았는데 생전에 자신에게 도움을 준 200여 명에게 유산을 남겼다. 그녀가 평생 모은 재산 28만 유로(한화 약 5억 원)의 상속 대상인은 정거장이 아닌데도 버스를 세우고 태워준 기사, 버스에서 내릴 때 도와준 기사, 간병 간호사, 뒷사람에게 양해를 구하고 민원처리를 먼저 해준 시청 공무원 등이라고 한다. 이들은 유서 통지문을 받고 놀랐는데 "하얀 지팡이를 짚고 다니던 할머니를 기억하는냐"는 내용을 보고 작은 체구에 시각장애인이었던 그녀를 기억했다고 한다.

유산을 정리할 때 국가를 위해, 돈이 없는 고학생을 위해, 또는 문화재단에 크게 기부하는 분들이 많다. 그러나 나는 왠지 프랑스 브로망 할머니의 재산상속이 마음에 와 닿는다. 살면서 도움을 주고 친절을 베푼 이웃에게 유산을 남긴 브로망 할머니의 마음이 참 따뜻하다. 무엇보다 할머니와 함께했던 200여 명의 마을 사람들이 브로망 할머니를 기억하고, 감사하며 웃을 생각을 하니 더없이 기쁜 마음이 든다.

죽음에 관한 명언이니 묘비명이니 유언이니 유서니 하면서 죽음에 관한 글과 생각들을 정리해본 이유는 죽음은 피할 수 없는 현실이고 인생은 시작도 중요하지만 끝이 더 중요하다는 생각이 들기 때문이다. 태어나는 것이 어른들의 축하와 잔치로 시작한다면 죽음은 어른인 내가 나보다 어린 사람들에게 줄 수 있는 예행 파티이기도 하다.

일본에서 유행한다는 엔딩노트(ending note)를 예쁘게 장만해서 평소 나누고 싶었던 생각이나 마음들을 정리해보는 것도 또 하나의 유서가 될 수 있다. 우왕좌왕하는 장례식보다는 내 생각을 정리해서 장례 절차와 장례식 꽃, 영정사진, 알려야 할 사람 명단, 유산 정리 등을 기록한 엔딩노트를 활용하는 것도 좋을 것 같다. 장례 절차와 장례 분위기까지 자신의 스타일로 미리 프로그램을 짜보는 것, 얄미울 정도로 완벽한 짓일까?

아름다운 죽음이란 준비된 마음과 태도가 함께할 때에만 가능한 일인 것 같다.

내 생애 최고의 모습을 담는 영정사진

결혼식보다는 장례식에 가는 것이 더 편해진 나이가 되어서인지 처음에 지인의 부음 소식을 듣고 장례식장에 가서 어색해하던 때와는 달리 이젠 어느 정도 그 문화에 익숙해진 나 자신을 발견하게 된다. 평소 잘 알던 분 같으면 생전 모습을 기억하면 되지만 그렇지 않을 경우 영정사진을 보게 되는데, 사실 살면서 영정사진 찍으러 간다는 말은 하기도, 권유하기도 참 어렵다.

그러나 상주 이야기를 들어보면 영정사진에 대한 고충은 상당한 것 같다. 특히 예상하지 않은 죽음 앞에서는 더욱 그렇다. 이것저것 준비하기도 벅차지만 그래도 고인의 삶을 그대로 보여주게 되는 영정사진 만큼은 제일 좋은 모습으로 하고 싶은 것이 가족들의 마음이다.

라디오 프로그램을 진행하면서 유언장 쓰기, 영정사진 찍기, 유산 상속, 장례 방식과 장례 문화들을 전하고 접하면서 참 좋은 방송을 하고 있구나 하는 자부심을 많이 느낀다. 새벽 시간 대 어르신 대상 방송을 하면서 가뜩이나 홀로 계시거나 우울증이 심한 노인 분들에게 죽음 이야기를 하는 것이 죄스럽기도 하고 가혹하기도 했지만, 시니어 방송을 15년 하면서 느낀 것은 피하는 것이 능사가 아니라는 점이다. 어쩌면 오히려 너무 가까운 가족이라서 못하는 말을 방송은 죽음준비 교육이라는 차원에서 전할 수 있다고 생각했다. 죽음시리즈 방송을 3~4회 거듭하면서 오히려 어르신들의 관심과 참여는 많아졌고, 기분이 나쁘다며 유언장 쓰기를 거부했던 분들도 유언장을 쓰면서 가족과의 갈등을 풀고 자신의 삶을 되돌아보는 시간을 갖게 되었다. 그런 노인 분들에게 한번은 세상과 어떻게 이별하고 싶으시냐고 여쭈어본 적이 있다.

"아프지 말고 자다가 그냥 갔으면 해."

"그러면 세상과 이별하면서 보고 싶은 사람과 마지막 인사도 못하시겠네요?"

다시 이렇게 질문을 하면 어르신들의 표정은 달라진다.

"아, 어쩜 좋아. 그건 미처 생각 못했네."

'9988234' 요즘 노인들이 축배를 들 때 자주 쓰는 암호다. 99세 까지 88하게 살다가 2~3일 아프고 4(죽자)하자는 얘기다. 2~3 일의 의미는 중요하다. 이 동안 꼭 만나야 할 사람, 용서해야 할 사람, 용서받아야 할 사람, 사랑한단 말을 해주고 가야 할 사람, 그동안 고마웠다는 말을 해야 할 사람… 구십 평생 살면서 정리하지 못한 것을 해야만 한다. 세상과 이별하면서 나만 가는 것이 아니라 남겨진 사람에 대한 배려도 잊지 말아야 하는 귀중한 순간들이다.

죽음은 단순히 단절된다는 것이 아니라, 한 사람의 역사가 사라지기 전에 공유했던 추억과 그리움 그리고 사랑을 소중한 사람들에게 남기고 가야 하는 여정이다. 그런 의미에서 영정사진은 세상 떠나기 전에 미처 만나지 못하고 간 사람들에 대한 배려라고 할 수 있다.

요즘 영정사진은 굳은 얼굴의 명함판 사진 같은 모습에서 벗어나, 살짝 미소 짓는 모습으로 많이 찍는다. 굳이 영정사진이라고 선언하고 찍기보다는 평소 가족사진을 찍을 때 연세 드신 어르신이 계시다면 자연스럽게 찍어두는 것이 더 보기 좋다.

내게도 최근 그런 경험이 있다. 우리 가족은 십 년에 한 번 정도 가족사진을 찍는다. 외손녀를 곱게 키워주신 친정아버지와 어머니도 함께한 자리여서 결국 3대가 함께 사진을 찍게 되었다. 그런데 사진을 다 찍고 나가려고 하는데 사진사 아저씨가 우리를 불러 세웠다.

"오늘 어르신 표정이 너무 좋고, 근사하세요. 독사진이 잘 나올 것 같은데, 찍어보시죠."

그때 친정부모님도 나도 동시에 알았다. '아! 미리 준비하라는

거구나!'

카메라 앞에 인자한 모습으로 서 계신 친정아버지를 보니 괜히 눈물이 나올 것 같았다. 모처럼 귀부인이 된 친정어머니의 미소가 참 고우시다. 평생 자식들 뒷바라지를 낙으로 아시고 잘 키워주신 부모님, 딸자식은 결혼시킨 뒤에도 애프터서비스가 필요하다며 농담하시는 아버지, 고맙습니다!

그렇게 부모님의 사진을 찍고 나오니 언젠가 그날이 오면, 아마도 이 사진관에서 우리가 함께 찍은 가족사진과 즐거웠던 시간도 추억과 그리움으로 남겠지 싶어 가슴 한 구석이 짠해져 왔다.

부모님의 영정사진은 그렇게 준비되었다. 어색하고 싫다고 하던 친정어머니도 모처럼 사진이 잘 나와 맘에 든다 하신다. 요즘은 안방에 그 사진을 걸어두고 즐기신다.

생각해보자. 내 장례식에 내가 제일 싫어하는 사진을, 내가 가장 맘에 들어 하지 않던 사진을 걸어둔다면 기분이 어떨까? 그렇기 때문에 영정사진은 중요하다.

아직 건강할 때, 모습이 좋을 때, 가족끼리 농담이 오가는 화기애애한 분위기에서 즐겁게 찍어두는 영정사진. 가족과 자신을 위한 마지막 선물이 될 수 있을 것이다.

행복한
시니어를 위한 사회

노년은 10대 때부터 준비해야 한다.
65세까지 목적없이 산 사람이 은퇴 무렵에 갑자기
충만해지지는 않을 것이다.

아서 모건

열공!
소녀시대

<청춘>에는 항상 어르신들만 사연을 보내오는 것은 아니다. 어르신들과 함께하는 가족들, 어르신들을 자주 접하게 되는 직업을 가진 사람들도 사연을 많이 보내온다.

마포에 있는 일성여자중학교는 평균 나이 45세의 중학생 어머님들이 공부하는 곳이다. 박 선생님은 그곳에서 어머니들을 가르치는데, 선생님의 나이를 보면 딱 어머님 학생들의 자녀 세대이다.

이곳에서는 어릴 적 가정형편으로 인해 배움의 기회를 놓친 어머니들이 늦게 나마 배움의 한을 풀기 위해 모여서 공부한다. 오랜만에 책상에 앉으니 눈도 안 보이고 팔다리도 아프지만 공부는 포기할 수 없어 배우고 또 익히는 것이다. 이곳에서 2년여 동안 배우면 중학교를 졸업할 수 있다. 또 공부에 대한 열정이 더 있으

면 고등학교에도 도전한다. 배움의 탄력이 붙어 늙을 새가 없다
는 어머니들의 열정이 대단하다.

2008년 대학수학능력시험 최고령 응시자인 76세 조 할머니의
도전기는 감동을 자아낸다. 손자뻘 되는 학생들 사이에서 그 어
렵다는 대학수학능력시험을 치른 것만 해도 대단한데 턱 하니 대
학교에도 붙으셨다.

함경남도 함흥 출신인 할머니는 중 1때 해방을 맞으면서 가족
을 따라 남쪽으로 내려오게 되었다. 한국전쟁이 나면서 피난통에
배움의 길이 끊겼고 이후 결혼하고 가정을 꾸리면서 배움에서 멀
어지게 되었다.

할머니의 대학 입문기는 이렇게 시작된다. 처음에는 동네 복지
관에서 일본어 수업을 들으며 배움을 시작하다 우연히 뒤늦게 공
부를 시작하는 주부들의 학교인 일성여자중고등학교에 대한 정
보를 듣고 2005년 중학교 과정을 밟았다. 그리고 4년 만에 중고
교 과정을 모두 마치고 올해 대학 1학년 신입생이 되었다. 할머
니의 꿈은 80세에 일본어 전문번역가가 되는 것이다. 물론 처음
엔 자식들이 무엇하러 고생을 사서 하시느냐, 이제 와서 무슨 소
용이 있겠느냐고 걱정했지만 76세 할머니의 의지는 남달랐다. 할
머니는 하루를 살아도 보람 있게 살고 싶어서 묵묵히 배움의 길
로 들어섰다고 한다.

서울 시내 복지관을 다니며 공개방송과 노인 강의를 하다보면
지역 나름의 특성들이 보인다. '동대문 노인복지관' 역시 할머니

한글반이 활성화된 곳이다. 대한민국의 젊은이 문맹률은 거의 제로라고 하지만 70대 이상 어르신들에겐 아직도 어두운 역사의 그림자가 남아 있다. 자식들을 잘 키워 대학교육까지 시킨 어머니들이 정작 자신들의 못다 배운 한을 푸는 곳이 이곳 한글반이다. 70세가 넘은 연세에도 한글반에 오면 다시 병아리 같은 초등학생이 되는 귀여운 여사님들이 많다. 예전에 일제 강점기 시절 소학교의 부활이나 되듯이, 할머니들에게 한글반은 새로운 배움을 재잘거리는 참새들의 방앗간이 된다.

당시에는 제대로 된 우리말과 글을 쓸 수 없었고 배울 기회도 없었는데, 이제 한 글자 한 글자 한글을 익혀가는 즐거움을 누리고 국제화시대에 발맞춰서 꼬부랑 영어까지 배우는 어머니들의 행복한 얼굴을 보면서 젊은 선생님들은 그분들의 열정이 대단하고 자랑스럽다고 이야기한다.

"우리 애들은 내가 이곳에 오면 얼마나 행복해하는지 잘 몰라요."

"배우니까 모든 게 새로워. 간판도 보이고 은행일도 재미있답니다."

늦은 배움이 재미있다는 말은 어머니들이 한결같이 하시는 말이다. 그러니 그 나이에 배워서 무얼 하려고 그렇게 고생하냐며 반문하지 말자. 노년 세대에게 있어 배움과 학습은 그분들의 생활에 큰 의미를 줄 수 있다. 공자님 말씀에도 '배우고 또 익히면 즐겁지 아니한가'라는 말이 있질 않은가! 자신만의 꿈을 갖고 도전하는 어머니들의 열정을 존경하자.

그리고 요즘같이 좋은 환경에서도 공부하기 싫어하는 아이들은 할머니들의 그 열심을 배울 필요가 있다. 아니, 차라리 세대를 바꾸어보자고 할까? 할머니들은 소녀시대가 되고 소녀들은 타임머신 타고 그 어려웠던 할머니 세대로 돌아가는 것이다. 과연 누가 더 좋아할까?

열공! 할머니 소녀시대 파이팅이다!

친구의 다른 이름, 청춘

노인은 외롭다. 유럽에서도 아시아에서도 미국에서도 그곳에서 만난 대부분의 노인들은 외로워 보였다. 벤치에서 해바라기하는 노인이나 공원에서 산책하는 노인이나 깔끔한 차림의 모습으로 카페에서 커피를 마시는 노인을 봐도 왠지 그들의 눈 속에는 외로움이 깔려 있는 듯했다.

시니어 프로를 진행하면서 내게 생긴 습관 중 하나는 어디를 가도 두리번거리는 것이다. 지나가는 노인을 만나게 되면 유심히 살피기도 하고 말을 건네기도 하며 관심을 표명하는데 서양 노인이나 동양 노인이나 그들은 참 친절하다. 그리고 그들은 자신들에게 말을 걸어주는 젊은이들을 반긴다.

〈청춘〉을 진행하면서 난 늘 어르신들의 친구라 자처한다. 때론 마음 깊은 큰 딸의 모습을 보이기도 하고, 철없는 막내딸처럼 애교를 섞기도 한다. 또 어떤 때는 시어머니와 사이 나쁜 며느리 역할도 하면서 어르신들을 방송에서 흉보기도 한다. 노인 방송은 참 재미있다. 그리고 그 재미에 빠지다보면 이 땅의 어르신들을 더 사랑하고 싶다.

라디오 방송의 매력은 신비주의에 있다. SBS 최초로 라디오 진행 10년을 기록한 공로로 'THE VOICE OF SBS'를 수상했는데 대한민국 아나운서로서는 내가 처음이었다.

〈청춘〉을 듣는 애청자들은 어르신들이 대부분이다. 그리고 이 분들이 인터넷으로 유영미를 검색하는 일은 거의 없다. 내 방송을 10여 년 넘게 듣는 왕팬들까지도 거의 내 얼굴을 모른다. 대신 요즘 맞춤법에 어긋나는 표현으로 큰 글자의 편지를 보내준다. 그런데 난 그 편지들이 참 좋다! 정이 묻어난다고나 할까?

문득 도봉구에 사시는 70대의 김 할머니가 보내주신 사연이 떠오른다. 할머니는 무릎 관절 때문에 수영으로 체력 관리를 하신다고 한다. 오전 8시 반에 모이는 시간에는 유독 〈청춘〉의 팬이 많다고 한다. 7시부터 모여서 방송에서 들은 내용을 서로 이야기하기에 바쁘시다고 한다. 유영미 아나운서에게 편지를 보냈는데 아직 방송이 안 됐다고 궁금해하는 분도 있고 누구는 방송을 타서 상품을 탔다며 자랑도 하신다고 한다. 이런 수다들이 곧 '마음은 언제나 청춘'을 보여주는 것은 아닐까.

방송국 근처 목동에 사는 70대 곽 할머니의 사연도 생각난다. 잠에서 깨어나자마자 애국가를 듣고 나면 〈청춘〉을 만나신다고 한다. 이른 아침 누군가와 마음을 나누고 싶을 때, 혼자 우두커니 깨어 있는 것이 아니라 얼굴은 모르지만 같은 느낌으로 세상을 사는 사람들과 소통하고 싶어서 청춘의 친구가 되었다고 하신다. 할머니의 감성은 소녀의 감성과 사뭇 비슷할 때가 많다. 맑고 순수한 면에서 참 고우시다. 할머니는 감성을 한껏 담아 시같은 사연을 하나 보내오셨다.

오늘은 오랜만에 옛 친구를 만났네.
이제는 늙어서 실버타운에서 만났네.
오가는 담소 중에 서로가 마음 통해
해가는 줄 모르고 깔깔대고 웃었네.
옛 친구 옛 정 찾아 시간 가는 줄 몰랐네.

할머니가 보내주신 시처럼 외로운 노년의 길목에서 만나는 〈청춘〉은 오래된 와인처럼 맘 터놓는 친구가 되고 싶다. 그저 늘 그 자리에 있어서 좋고, 반겨주니 좋고, 편해서 더 좋은 그런 친구 말이다. 〈청춘〉은 그리고 이 프로그램을 진행하고 있는 나는 어르신들에게 오래도록 그런 친구이고 싶다.

당당한 노년을 위해 건배

"더 이상 사진 찍는 것이 싫어졌어. 주름진 얼굴 남기기 싫어!"

"이가 다 빠진 노인이 나와서 100살까지 장수하겠다는 걸 보면 오래 사는 게 그리 좋은가 싶더라구."

"늙으면 추해 보여. 말할 때마다 입가에 고이는 침하며…. "

"버스를 타도 눈치가 보여 젊은 애들이 옆에 오질 않으려고 해."

누구나 늙는 것을 싫어하고 두려워한다. 노인이 되어 좋은 점이 많다면 너도 나도 노인으로 불러달라고 할 텐데 불행하게도 우리 주변에는 노인이라고 부르면 고마워할 사람보다는 기분 나빠할 사람이 더 많다.

내 눈에는 우리 사회의 노인에 대한 이해가 너무 부족해 보인다. 지난 15년간 노인들을 대상으로 한 방송을 진행하면서 노인에 대한 편견과 이미지를 바꾸려고 많은 노력과 시도를 했음에도 '노인'이라는 단어에 대한 사람들의 부정적인 편견은 많이 바뀌지 않은 것 같다.

차별이 없는 사회, 편견이 없는 사회를 꿈꾸는 이때, 고령화는 가속화되고 있는데 우리 주변엔 에이지즘이 판을 치고 있다. 노인이라고 하면 직장에서는 무조건 명예퇴직 대상 일순위이고, 경제적으로 잉여의 삶을 사는 존재로 여겨지며, 트렌드에 뒤쳐진 세대, 능력이 저하된 사람 등으로 생각한다. 노년 세대를 대할 때 그들 세대의 특성과 개별성을 전혀 고려하지 않는다는 얘기다.

우리 사회가 고령화사회로 접어들게 되면서 어떻게 하면 노년기를 성공적으로 살 수 있을까 하는 것은 이제 더 이상 노인들만의 제한된 관심사가 아니라 고령사회를 준비해야 하는 모든 이들에게 중요한 과제가 되고 있다. 1986년 미국노년사회학회의 주제로, 노화에 대한 부정적인 시각에서 벗어나 노인의 다양성을 수용하자는 신노년학(new gerontology)이 주목받으면서 성공적인 노후생활, 성공적인 노화(successful aging)에 대한 연구도 많이 진행되고 있다.

미국 시카고대학교 심리학과 버니스 뉴가톤 교수는 노인을 세 종류로 분류했다. 그중 첫 번째는 55세부터 75세까지의 젊은 고령자 집단으로 'YO(young old, 영 올드) 세대'라고 부른다. 건강하고 의욕 넘치는 신중년층인 이들은 사회적인 위치로 보았을 때는 정년을 채우고 은퇴했으나 신체적으로는 여전히 젊다. 우리가 생각하는 일반적인 노년층과는 달리, 고학력에 도시화와 국제화가 이루어진 세대로 현재 우리나라의 경우 전체 인구의 15퍼센트 정도를 차지하고 있다. 그 다음 75세에서 85세까지를 OLD OLD 세대, 그 다음 85세 이상의 세대를 THE OLDEST로 구분하고 있다.

한때 노인 세대를 지칭하는 말로 통크(Tonk, two only no kids)족이 유행했다. 통크족은 자녀에게 부양받기를 거부하고 부부끼리 독립적인 삶을 살아가는 집단을 의미한다. 뒤이어 오팔(OPAL, old people with active life)족도 나왔다. 최근에는 애플(APPLE, active, pride, peace, luxury, economy)족까지 등장했다. 이들은 활동적이며, 자신에 대한 자부심을 갖고, 경제적으로 안정적이며, 고급문화를 향유하는 노년층이다.

노년 세대는 이렇게 진화하고 있는데 젊은 세대가 바라보는 노년은 늘 변함이 없다. 이런 주변의 시선은 신세대 노인들의 입장에서는 매우 기분이 나쁘다. 노력하고 발전해서 여기까지 왔는데 사회적인 시선은 언제나 변함없이 할아버지 취급이니 노인이라는 말만 들어도 억울한 생각이 드는 것이다.

고학력에 경제적 능력이 있고 건강한 노년들은 자신들을 일반적인 '노인'으로 치부하지 말라고 항변한다. 노인이라 부르면 차라리 외면하고 싶다는 사람들도 많다. 그래서 '실버(silver)'니 '시니어(senior)'니 '골든 에이지(golden age)'니 '어르신'이니 하는 단어로 노년 세대를 부르고 있다. 그러나 노년 세대들의 속내를 들여다보면 그들을 지칭하는 다른 단어를, 그들의 마음에 쏙 드는 말을 아직도 찾지 못한 것 같다. 뿐만 아니라 곧 젊은 노인 세대(YO)로 편입되는 은퇴준비 세대인 50대들은 온몸과 정신으로 노인을 거부한다.

현실적으로도 우리나라 남자는 경제협력개발기구(OECD) 국가들의 평균수명인 76.1세와 같은 기대수명을 갖게 되었고, 여자는 평균수명인 81.8세보다 0.9년이 높은 장수국가로 가고 있는데 노인을 바라보는 시각이나 사회적 합의, 기본적인 노년생활에 대해서는 몰이해로 일관하는 것 같아 안타깝다.

65세 이상 인구가 7퍼센트에 도달하면 고령화사회, 14퍼센트에 도달하면 고령사회가 된다. 프랑스가 115년, 독일이 40년, 일본이 24년에 걸쳐 고령화사회에서 고령사회로 이행한 반면, 우리는 2000년도에 고령화사회에 진입해서 2018년 고령사회를 바라보고 있으니 세계에서 가장 빠른 속도로 늙어가는 나라에 살고 있는 셈이다. 우리나라 특유의 '빨리 빨리' 풍토가 고령화사회를 대비하는 과정에도 적용이 되어 현대화와 산업화에 밀린 노년의 경험과 지식을 활용하는 방안과 정책을 마련하면 좋으련만 아직 대한민국의 실정은 노인 자살률이 세계에서 가장 높다는 우울한 보고만 있을 뿐이다.

물론 노인을 뭐라고 부르든 노인은 젊은이가 아닌 노인이다. 중요한 것은 사회의 시각이다. 우리 사회에서 노인을 바라보는 시각을 달리하고 이미지를 새롭게 한다면 노인이라 부를 때 "난 노인이 절대 아니거든" 하면서 애써 외면하는 세대는 줄어들 것이다. 사회의 부양 대상이 아닌 노년층의 경륜과 지식의 잠재성을 인정하고 포용하는 정책과 문화 운동이 지속되는 한 성공적인 노년의 모습은 어르신으로, 시니어로, 골든 에이지로, 오팔로, 애플로 진화하면서 이 사회에서 당당하게 그 존재감을 나타낼 것이다.

시각을 달리하고 이미지를 새롭게 한다면 노인이라 부를 때 "난

노인 정책은
바뀌어야 한다

"늙는 것은 아무래도 추해지고 서러운 것 같아."

"영미 씨, 좀 멋있게 늙는 방법을 개발하든지 아예 늙지 않는 비법을 찾아서 알려줘요."

이런 주문을 받으면 난 정말 할 말이 없다. 중년 이후 갱년기 증상이 오면 늙어가는 것은 이런 거구나 하는 것을 어렴풋이나마 느끼게 되는데, 청춘일 때 바라보던 노년과 중년이 되어 바라보는 노년의 모습은 뭐랄까 다른 느낌이다. 아마도 머지않은 미래에 대한 다급한 불안함 때문이 아닐까 싶다. 사람들은 내 일이 아니라면 좀 더 관용적인 마음이지만 그것이 내 문제라면 더 심각하고 절실해지니 말이다.

노년이 되면 일단 외모의 변화가 온다. 아줌마들이 아줌마라고 불리는 것을 제일 싫어하듯이 노인이 되면 늙음을 부정하고 싶은 마음이 간절하다. 내가 내 모습을 봐도 맘에 안 드는데 남들로부터도 좋은 소리를 듣지 못하니 자신감은 더욱 없어지고 우울해진다.

TV 뉴스에 나오는 소외된 노인들의 모습을 제일 싫어하는 부류는 누굴까? 젊은 사람들도 중년들도 아니다. 나는 절대 노인이 아니라고 믿고 싶어 하는 인텔리 계층의 노년들이다. 그들은 아직까지 사회에서 회장님, 사장님, 사모님 소리를 종종 듣는 사람들인데, 이들은 노년의 모습을 외면하는 부류이기도 하다.

노년이 되어서도 그러한 경제력과 장악력을 누릴 수 있다면 고마운 일이지만 그럴 수 있는 노년이 과연 몇 퍼센트나 될까? 수명이 연장되었다고는 하지만 50세 이후의 삶은 사실 힘에 겹다. 건강과 의욕은 젊은이들 못지않지만 조직에서는 은퇴 1순위가 되고, 서서히 패배감과 무기력, 사회의 무관심을 체득하는 세대가 바로 이들이다. 게다가 우리 사회에서 노인에 대한 시각은 사회의 부양부담, 사회복지의 지출 대상, 잉여인간군단 등 부정적이고 배타적인 시선이다.

그러나 100세까지 장수하는 수명연장시대에 노인들은 더 이상 사회복지의 지출 대상이 아니다. 아니 현실적으로 오늘날의 젊은층들은 더 이상 노년층을 부양할 능력이 없다.

적은 수의 젊은 층이 다수의 노년층을 지지할 기반이 워낙 부실하다면, 가장 효과적인 해법은 정부가 노년 스스로 자립할 수 있는 기반을 잡아주는 방향으로 정책을 바꾸는 것이다.

노년을 국가 성장의 동력으로 보고 일하는 노년에게 지속적인 자기계발과 사회참여가 가능하도록 정책 지원을 적극적으로 하는 것이 필요하다. 노인들에게 일자리 확보는 노년 가계경제의 자립도를 높이고 자존감을 준다. 또 자녀들에게는 부모 부양에 대한 부담감을 덜어준다. 다만 노인들의 경력이나 취향을 무시한 단순한 일거리, 시간제나 기간제로 주는 일거리보다는 은퇴 후 계획을 세울 수 있는 지속적인 일자리와 성취감을 느낄 수 있는 직종 개발이 필요하다.

한 연금연구소에서 최근 직장인들의 은퇴 후 삶에 대한 기대를 조사한 것을 보면 희망 은퇴 연령은 63세, 실제 은퇴 연령은 56.3세이다. 희망 은퇴 연령과 실제 은퇴 연령이 6~7년가량 차이가 난다. 현재 은퇴자들의 4분의 3은 은퇴 전까지 은퇴 준비를 하지 않았다고 대답하고 있다.

결국 우리나라의 직장인들의 노후 준비가 그만큼 취약하다는 얘기다. 수명연장으로 은퇴 후 생존 기간이 길어지는 것을 생각하면 은퇴를 미루고 싶다는 막연한 기대에서 벗어나 실질적인 준비를 해야 한다. 은퇴는 기정사실이고 은퇴자의 4분의 3이 은퇴 전까지 은퇴 준비를 하지 않고 있다면 대한민국 은퇴자들에게 기다리는 것은 은퇴 후의 좌절과 자기연민, 사회의 냉대, 자존감의 상실 등 부정적인 결과들뿐이다. 그렇기 때문에 은퇴 준비를 개인적으로 하는 것도 필요하지만 은퇴연령대를 대상으로 정부나 기업 주도의 은퇴 프로그램과 자기계발, 후속 직업군의 선정 등

컨설팅과 교육이 절실하다.

일본의 기업들 중에는 은퇴자를 적극적으로 관리하는 복지 시스템이 활발한 기업들도 많다. 은퇴가 누구나 피할 수 없는 현실인 이상 은퇴자를 협력업체나 관련 직종에 연결하는 서비스를 제공하고 은퇴 후 삶에 대한 교육과 역할 모델 등을 소개하면서, 은퇴한 후에 은퇴자들이 겪을 각종 어려움에 대비할 수 있는 준비를 시키는 것이다.

맨 처음 이런 제도를 도입했을 때 은퇴 대상자의 반응은 당연히 부정적이었다. 은퇴를 기쁘게 받아들이기 어려운 처지에 빨리 나가라고 밀어붙이는 것만 같아 부담스러웠다고 한다. 하지만 은퇴 프로그램에 참여한 후 오히려 은퇴 프로그램을 마련한 기업에 감사하는 마음을 갖게 되었다고 한다.

세상사 모든 것은 사물을 어떻게 생각하고 받아들이느냐에 있다. 노년에 대한 우리의 생각도, 늙음에 대한 우리의 담론도 고령사회에 대한 우리의 자세도, 생각에 따라 준비하고 발전시킬 수 있다. 대한민국 전체 인구의 10퍼센트에 달하는 노년인구, 이들을 세상이 어떻게 바라보고 지원하느냐에 따라 그 결과는 크게 달라질 것이다. 이들을 국가성장의 동력으로 활용하는 방법을 연구하는 일은 정말 시급한 과제가 아닐까.

노인요양원,
또 하나의 스위트홈

현재를 기준으로 7명이 65세 이상 노인 1명을 부양하는 한국은 도시국가 홍콩을 제외하고는 출산율이 세계에서 가장 낮은 초저출산국(출산율 1.19명)이다. 2037년엔 생산가능 연령층(15~64세) 1명이 노인 1명을 부양해야 하는 1대 1사회가 된다니 두렵다. 경제의 버팀목이 되는 생산 인력의 감소는 한국의 미래를 어둡게 한다. 더욱이 2018년에는 65세 이상 노인이 전 인구의 14퍼센트를 넘는 고령사회로 변할 것이라고 한다.

고령화 대책만 해도 쉽지 않은데 우리는 저출산이라는 악재가 발목을 잡고 있는 형국이니 이래저래 노년의 노후는 가족의 책임에서 벗어나 사회와 국가 정책에 의지하는 방향으로 나아갈 수밖에 없다.

한국 은퇴자 협회가 20~70대까지 일반인을 대상으로 노후와 자녀의 부양 문제에 대한 설문조사를 했는데, 60대 이상 노년층의 79퍼센트가 '자녀에게 부양을 기대하지 않는다'는 대답을 했다고 한다. 그리고 노후 준비가 부족하다면 어디서 채우겠냐는 질문에는 74퍼센트가 '스스로 해결 하겠다'고 응답했다. 만성질환으로 몸이 불편해지면 어떻게 하겠느냐는 질문에는 '요양원에 가겠다'는 응답이 50퍼센트 이상을 넘었다. 예상은 했지만 통계적인 숫자를 접하니 엄청난 인식의 변화를 절감하게 된다.

물론 조사와 현실의 차이는 엄연히 존재한다. 마음은 그렇지만 형편상 시설 좋은 요양원에 가지 못하는 노년 세대가 얼마나 많은가? 또 사실은 집에서 가족의 보호를 받고 싶은데 요양원에 가야만 하는 처지는 과연 만족스러운가? 주위를 봐도 부모님이 편찮으셔서 노인병원에 모셨다 하면 그래도 떳떳한데, 요양원에 계시다 하면 왠지 죄스러운 마음을 가지는 것도 현실이다.

그것은 아마도 우리 사회에 노인 부양에 대한 합리적인 대안과 모델이 확립되지 않아서일지도 모른다. 혹은 요양원의 시설이나 운영 이미지가 너무 낙후되어 있기 때문일지도 모른다.

나는 노인요양원에 들어서면 제일 먼저 살피는 것이 있다. 바로 냄새 문제다. 아무래도 건강이 안 좋은 노인들의 병상이 많은 곳이기 때문에 좋지 않은 냄새가 날 수밖에 없다. 노인이 되면 노인 특유의 냄새가 난다. 건강한 사람도 위생에 신경을 써야 냄새가 안 나는데 와상(臥像) 노인이 많고 치매 노인들이 모여 있는 요양원은 아무래도 냄새 문제에서 자유로울 수가 없다.

그런데 일본의 요양원들은 30~40년 이상 된 곳이 많아 건물은 낡고 시설도 최신식이 아니지만 매우 깔끔하다는 인상을 준다. 그렇다고 소독약 특유의 냄새가 진동하는 것도 아니다.

대개 편안한 집을 연상하게 하는 구조와 따뜻한 느낌의 색상으로 구성되어 있다. 1인용 침실은 노인들에게 경제적으로 부담이 되기 때문에 보통 2인용 구조들을 좋아한다.

방문에 붙어 있는 이름표를 통해서는 요양원의 세심한 배려를 느낄 수 있다. 그 방에 사는 사람들의 성향에 맞게 개성을 존중하고 있다. 핑크, 초록, 파랑 등 색색의 나무 이름표에 각자의 이름이 적혀 있고 집에서 가져온 듯한 마스코트가 하나씩 꼭 있어 그 방에 살고 있는 주인의 취향을 알 수 있다.

사실 요양원이란 곳은 인생의 마지막 통로 같은 곳이다. 건강이 허락하는 한 재택을 원하지만 더 이상 간호가 불가능할 때 오는 곳이 요양원이다. 정든 집을 떠나면서 모든 짐을 두고 와야 하는 곳, 팔십 평생 추억의 소지품을 겨우 한 박스 크기 정도의 공간에만 넣어야 하는 곳이 요양원이다. 그러나 이런 요양원에도 노년을 배려한 현실적인 대안이 필요하고, 또 그런 대안을 실천하는 곳들이 있다.

노년이 되면 고독을 극복하기 위해 애완동물을 많이 기른다. 멀리 있는 아들이나 딸보다 주인에게 절대 복종하고 충성스러운 강아지에게 더욱 애정을 가지게 된다. 온갖 귀여움과 재롱을 다 떠는 애완견을 이젠 가족의 한 개념으로 받아들이는 추세다. 그러나 강아지의 평균 수명은 겨우 15~20년뿐이라 주인보다 먼저 늙어가는 경우가 허다하다. 이렇게 죽어가는 애완견은 노년에게 커다란 상처와 상실감을 준다. 건강이 안 좋은 노후에 애완동물을 키우는 것을 반대하는 이유도 바로 그 때문이다. 차라리 움직이지는 않지만 마음의 소통이 가능한 화초 키우기를 권하는 것도 노년의 생활에 대한 배려와 이해 때문이다.

일본 요양원들은 노인들이 요양원 생활에서 가족의 사랑을 마음껏 누릴 수 있게 세심한 배려를 하고 있다. 그중 재미난 것이 강아지 로봇이다. 요양원 현관에 들어서면 방문객에게 인사를 하는 로봇 강아지는 요양원 노인들에게 손자와 같은 귀여움을 받는다. 인사하고, 말하고, 눈을 마주치고, 꼬리를 흔들고, 반갑다고 감정을 표현하고, 게다가 절대 죽지 않는다. 이 로봇 강아지는 언제까지나 실버 세대를 지키는 애완견이자 요양원의 마스코트다.

현대 고령사회에서 노인들은 외롭다. 차가운 요양원을 그나마 따뜻한 집처럼 느끼게 하는 것은 건물도 시설도 아니다. 노인요양원을 운영하는 기본 철학은 노년에 대한 배려와 이해이다. 현대과학의 산물인 로봇 강아지와 인사하는 할머니의 눈엔 정이 넘쳐난다.

노년 세대들에게 세심한 배려와 관심과 사랑을 나누는 요양원들. 그곳은 바로 노인들에게는 또 다른 스위트 홈이 아닐까 싶다.

얼마 전 우리나라도 '실버 세대의 벗'이란 뜻을 가진 '실벗'이라는 로봇이 탄생해, 곧 마산의 한 복지관에서 생활할 것이라는 뉴스가 전해졌다. 실벗은 말과 표정으로 감정을 표현할 수 있고 3미터 떨어진 거리에서도 주인의 말을 인식할 수 있다. 주인의 얼굴과 목소리를 기억하는 것은 물론, 대화를 나누고 판단 능력도 있으며, 고스톱 게임도 가능하다. 모쪼록 실벗 덕분에 요양원의 어르신들이 마음 따뜻하고 즐거운 생활을 하실 수 있으면 좋겠다.

일본 노인요양원의 젊은 남자

도쿄 외곽에는 깔끔하고 편안한 노인요양원이 많다. 도심에서 멀리 떨어져 있지 않으면서도 너무 복잡하거나 번잡하지 않고, 주변은 주택가가 많아 외롭지 않다.

일본에는 노인복지를 공부하러 유학 가는 우리나라 학생들이 많다. 장학금을 타고 학점을 따기에도 바쁜 와중에도 복지를 공부하는 사람들은 현장 경험을 많이 하고 싶어 한다. 그러나 유학생들이 자유롭게 일할 곳은 많지 않다. 대부분 편의점 아르바이트가 일반적이다.

그런데 복지 현장도 체험하고 생활비도 벌 수 있는 곳이 바로 노인병원이나 요양원이다. 패스트푸드점이나 편의점 아르바이트보다 보수도 좋고, 경험도 쌓을 수 있어 노인복지를 공부하는 학생들이 선호한다.

노인 전문 요양원의 아르바이트는 일이 고되다. 누워 있는 분이 많기 때문에 체위를 교환하는 일에 힘이 많이 든다. 아르바이트생들의 야근 업무를 보면 저녁 5시 반부터 업무에 들어가 다음 날 아침 9시에 교대가 이루어진다. 보리차나 식사용 손수건을 전달하고 침실에서 식당으로 휠체어를 밀어드리고 식사량이나 배설량을 체크하고 와상 노인 잠자리를 3~4시간마다 바꿔드려야 한다. 틈틈이 틀니나 필요한 물품을 세척하는 일도 챙기고, 어르신들의 기저귀도 갈아드려야 한다.

그런데 이 일이 처음에는 간호를 받는 어르신이나 간호를 하는 사람 모두에게 어려움을 준다. 중증 치매를 앓고 있거나 누워서 지내야 하는 노인들에게도 남녀의 원초적인 부끄러움이 있고, 젊은 아르바이트생은 그런 일이 무척이나 생경하기 때문이다. 그러나 막상 나무토막같이 뻣뻣해진 어르신들의 몸을 만지고 앙상한 팔다리를 보면서 인생이 뭔지, 늙어간다는 것은 무엇인지 깊은 이해를 하게 된다고 한다.

이직률이 높지 않은 노인요양원의 아르바이트는 노인들과 소통하는 장이 된다. 노인들 역시 자신의 간호 파트너가 자주 바뀌는 것을 싫어하고 자신을 돌봐주는 청년들을 의지하며 가족처럼 여기게 된다니 참 다행스러운 일이다.

특이한 것은 요양원에서는 남자 아르바이트생들을 선호한다는 것이다. 한국에서는 요양원이나 병원에서 남자 간호사나 남자 간호 보조 요원을 만나기가 쉽지 않은데 일본 요양원에서는 젊은 남자들이 많이 보인다. 간호라는 직업 자체가 섬세하고 남을 배려하는 일이다보니 남성보다는 여성이 선호하지만, 일선에서 활동하는 사람들의 이야기를 들어보면 육체적으로 고되고 정신적으로 힘이 들어, 너무 예민하지 않은 남성들에게 더 적합한 일이 아닐까 여겨진다고 한다.

요양원 측에서도 전략적으로 남성의 비율을 30퍼센트 이상으로 높이려고 노력을 많이 한다고 한다. 젊은 간호맨에 대해 처음엔 거부감을 가졌던 요양원 할머니들과 가족들의 반응이 점점 긍정적으로 바뀌고 있고 요양원 역시 힘이 센 간호맨들이 필요하기 때문이다.

그리고 무엇보다 할머니들이 제일 좋아한다고 한다. 건강하고 잘생긴 힘센 젊은 청년들이 요양원 구석구석을 돌아다니며 기저귀를 챙기고 배설용품을 관리하고 손을 잡아주고 휠체어를 밀어주며 식사를 챙겨드릴 때 저절로 웃음꽃이 핀다는 얘기다. 역시 음양의 조화는 어디에나 존재하는 것 같다.

건강하고 밝은 일본의 노인요양원! 비싼 시설이 아니더라도 구청이나 시에서 재정을 보조하는 요양원들의 안정적이며 쾌적한 환경과 환자 중심으로 프로그램을 개발하고 시도하는 제도가 인상적이었다. 요양원에서 24시간 생활해야 하는 노인들의 표정과 태도 역시 존중받는 느낌이 들어 부러웠다.

젊은 남자들이 곳곳에 배치되어 있는 일본 요양원들은 따뜻하다. 외롭고 긴 병마와 싸워야 하는 요양원 할머니들에게 젊은 남

자들의 인기는 하늘을 찌른다. 힘들고 외로울 때 어디선가 나타
나는 마징가 제트처럼 남성의 기운과 젊은이의 향기는 어디서나
즐겁다.

양로원과 어린이집의 하모니

일본은 이미 노인인구가 전체 인구의 20퍼센트를 차지하고 있는 고령사회다. 노인 단독가구의 증가는 전 세계적인 추세며, 고령 노인들이 시설보다는 집에 머물며 일상생활에 필요한 도움을 받는 가정 간호를 더 선호하고 있는 것도 대세다. 이는 노인 복지비용 절감에도 도움이 되고 있으며 노인들의 정서에도 안정과 만족감을 주고 있다.

일본 도쿄의 에도가아 구에 있는 '고토엔'은 양로원과 어린이집을 합친 복지 모델이다. 이곳에는 돌을 갓 지난 유아에서 90세 노인들까지 서로 다른 세대들이 함께 모여 지내는데 보육을 위한 어린이집과 간호사 요양이 필요한 노인복지 시설이 결합된 시스템이다.

1층에는 보육원이, 2,3층에는 노인들을 위한 요양 공간이 마련되어 있고, 4층은 어린이와 노인들이 함께 차를 마시고 교류할 수 있는 자유 공간으로 구성되어 있다.

이 시스템은 저출산과 고령화라는 사회적 문제를 세대 간의 결합으로 재구성한 멋진 발상으로, 이곳에 오는 아동들과 노인들은 서로에게 친밀감을 느끼고 이해하며 노소 간의 몰이해와 편견에서 벗어나고 있다.

노인들이 150여 명 머물고 있는 고토엔에는 치매 등으로 몸이 불편해 치료가 필요한 분들과 홀로 생활은 가능하지만 가족이 없거나 주거지가 없는 노인들, 또는 가족들과 함께 머물면서 낮에만 이곳을 찾아 시간을 보내는 어르신도 있다. 고토엔에 오는 아이들은 100여 명으로 인근에 살고 있는 맞벌이 부부의 자녀들이다. 보통 낮 동안에만 맡겨진다.

맞벌이 부부들에게는 아이를 맘 놓고 맡길 수 있는 공간을 제공하고, 노인들에게는 아이들과 함께 시간을 보내며 가족의 정을 나눌 기회를 준다. 1층에서 공부하던 아이들이 2층으로 올라와 어르신들과 낮잠도 자고 몸이 불편하신 할머니 할아버지들이 옷을 갈아입는 것을 돕기도 한다. 또한 일 년에 몇 차례씩 운동회와 수영대회를 열고, 크리스마스에는 연극 공연을 무대에 올리기도 한다.

노인복지시설과 어린이 집을 함께 운영하는 것은 기발한 아이디어다. 1987년에 설립된 이곳은 전례가 없어서 인가와 허가를 받는데 어려웠다. 일부 부모들은 아이들이 노인들과 같은 공간을 사용하는데 심한 거부감을 표시해서 처음에는 아이와 노인들의 생활공간에 이동식 벽을 설치하기도 했다고 한다. 하지만 현재는 지역에서 가장 인기 있는 복지시설로 자리매김하고 있다. 고토엔의 복지 모델은 일본 전국의 많은 어린이집과 노인시설이 자매결연을 맺고 행사도 함께하는 교류의 물꼬를 트는 데 기여했다.

대한한국에서 효 사상이 점점 사라지고 있다. 서구의 개인주의 사상과 달리, 가족의 질서와 연대를 중요시 여기는 것이 우리의 문화인데, 경로 효친사상은 이제 박물관에 가야 찾을 수 있다고 말할 정도가 되었다. 어르신을 공경하는 것이 사람의 도리이며 우리 사회를 아름답게 하는 풍속임에는 틀림없으나, 그 문화를 지켜가기에는 불편함과 번거로움이 많다고 여기는 세대가 늘어나고 있다.

전통의 규범문화는 경로효친인데 현실의 행동문화는 개인주의적인 사고방식에 더 익숙해져 있으니, 어떻게 보면 대한민국에 사는 우리 모두가 아노미 현상을 겪는 것은 당연한 것인지도 모른다. 어르신에 대한 공경의 마음과 현실의 행동규범 사이에서 겪는 갈등은 오히려 우리 사회에서 노인들을 더 부담스러운 존재로 몰아가는 것은 아닐까?

젊은이들은 우러나오는 효가 아닌 규범화된 공경 사상에 반발심을 느끼는 동시에 죄책감이 커지고, 노인들 역시 강요되고 형식적인 효에 불쾌감이 커가니 세대를 통합하는 대안이 필요한 시점이다.

내 부모를 가까이서 모시는 생활이 불가능해지는 현대사회에서 젊은이 따로 노인 따로의 문화는 세대 간의 갈등만을 부추기는 것이 아닌가 싶다. 그러나 지역의 노인들과 어린이들이 함께하는 공간을 잘 활용한다면 어린아이들에게는 어르신들에 대한 이해와 공경심을 높이는 기회가 되고 외로움이 많아지는 노년 세대들에게는 지역의 어린이들에게 손자 손녀에 대한 사랑을 대신주는 계기가 되니 이것이야말로 세대 통합을 이루는 첫걸음이 아닐까.

멀리 있으면 무관심해지고 오해만 쌓인다. 가까이 다가가고 서로 다른 세대에게 관심을 가질 때, 비로소 봄 햇살 같은 포근하고 따뜻한 문화를 만들어갈 수 있을 것이다.

동네 노치원 만들기

저출산의 영향으로 유치원이 남아돌고 있는 요즘, 아파트 단지가 아닌 주택가에 있는 어린이집에서는 아동들을 유치하는 일에 골머리를 앓고 있다.

고령사회에 접어든 일본에선 어린이가 줄다보니 유치원 시설을 개조해 노인 시설로 활용하는 곳이 많다. 실제로 고령 노인들은 이동이 불편하다보니 집 근처의 시설을 이용하는 것이 최선이다. 그런 차원에서 단지 내 유치원 시설은 상대적으로 경로당보다는 좋은 위치에 있고 시설도 큰 편이라 노인의 신체 여건에 맞는 구조로 개조한다면 아담한 '노치원'으로 재탄생할 수 있다.

최근 영국 맨체스터에 60대 이상의 고령자들을 위한 '노인 전용 놀이터'가 등장했다. 이곳에는 지역 노인들의 건강과 복지를 위해 노인 전용 놀이기구가 마련되었다. 놀이터에서 재밌게 놀고 웃는 고령자들을 본 지역 주민들은 너무 늙어서 놀기 어렵다는 생각은 틀린 것 같다고 말한다.

노인 놀이터에는 노화로 굳어진 신체 부위를 자극시키는 각종 기구가 마련되어 노인들의 약해진 근력을 보강하고 줄어든 활동량을 늘리는데 도움을 준다. 스태퍼(stepper)와 평행봉 등을 응용한 그네, 시소를 타는 고령자들은, 인근에 위치한 놀이터에서 손자 손녀뻘 되는 아이들의 뛰어노는 모습까지 지켜볼 수 있어 행복지수가 높아진다고 한다.

유치원과 노치원이 같은 장소에 있으면 세대 공감에 도움이 되는 것은 당연지사다. 아이들 역시 집에서는 할아버지 할머니를 구경하기 힘들지만 지역사회 노인들을 보며 고령자의 모습에 익숙해지고 그들을 친숙하게 여기게 된다. 저출산으로 유치원이 노치원으로 변하든, 세대통합으로 유치원 옆에 양로원이 생기든 어린이와 고령자를 같은 공간에 함께하게 하는 것은 탁월한 대안인 것 같다.

〈한국 노인의 전화〉에서 조사한 내용을 살펴보면, 3세대가 할아버지와 할머니를 싫어하는 경우는 다음과 같다. '같은 말을 여러 번 할 때', '시끄럽다고 꾸짖을 때', '틀니를 뺄 때', '밥이나 반찬을 흘릴 때', '자신이 하는 말을 안 들어줄 때' 등이다.

그렇다면 노인들이 3세대와 잘 지내는 비결은 무엇일까? 의외로 단순하다. '용돈을 두둑하게 준다', '오랫동안 갖고 싶어 하는 것을 사준다', '부모에게 꾸중을 들은 후에는 위로해준다',

‘소꿉장난이나 게임의 상대를 해준다’, ‘옛날이야기를 들려준다’ 등이다.

요즘 아이들은 외롭다. 시시할 것 같지만 동화책을 읽어주거나 옛날이야기를 해주는 조부모에 대한 고마운 기억은 오래간다. 또 요즘에 나온 게임을 하며 함께 놀아주는 할아버지 할머니들을 더욱 친숙하게 여긴다.

최근에 노인 일자리 창출을 위해 ‘놀이 지도사 어르신’이라는 것도 탄생했다. 유치원, 어린이집, 지역 아동센터에서 어린이들을 대상으로 놀이지도를 하는 할아버지 할머니들은 즐거움과 건강, 경제력을 얻는 노후생활에 만족해하는 모습이다.

세계 어느 나라를 가도 노인들은 고독하다. 노후자금이 두둑하든 경제 상태가 열악하든 노년이 되면 사람이 그립고 가족의 소중함을 더욱 느끼게 된다. 이와 반대로 젊은 세대는 늘 바쁘다. 인생에서 이루어야 할 것이 많은 젊은 세대는 가족보다는 직업에 친구에 취미에 더 몰두한다.

유럽권이기는 하지만 우리와 정서가 비슷한 이탈리아 사람들. 그들 역시 가족애를 몹시 중시해서 3대가 함께 사는 모습이 서구 다른 나라들보다는 많다. 그래서인지 유럽에서 소득이 낮은 나라에 속하는 이탈리아의 노인들은 오히려 행복지수가 높다. 가족이 모여 산다는 것이 요양원이나 양로원에서 복지사의 보살핌 속에 사는 노인들보다 더 행복하다니 뭔가 아이러니하다.

핵가족화가 진행되면서 노인에 대한 보살핌이 가족보다는 국가, 사회의 책임이 부각되고 있다. 하지만 한국의 전통적인 가족생활을 연구한 노년학자들은 한국이 그 좋은 미덕을 젊은 세대와의 합의 속에서 잘 이어가기만 한다면 노인복지의 70퍼센트 이상을 이룬 성과를 창출할 수 있다고 역설한다. 그러므로 가정과 사회와 국가가 책임을 의식하고 노인에 대한 보살핌을 분담해 나갈 때 고령사회로 나가는 한국의 노인들은 보다 행복하고 보람 있는 노후를 보내게 될 것이다.

하지만 노인 세대가 젊은이들의 의식 변화를 따라가지 못하면 가정불화는 늘 상존하게 될 것이다. 다행히 최근 들어서는 '60세 독립'을 외치는 노년들이 많아지고 있다. 이는 자존감을 놓치고 싶지 않은 마음의 표현이다.

60세에 독립된 삶을 살 수 있으려면 우선 마음가짐과 생활습관의 변화가 필요하다. 먼저 한 가지 이상의 취미를 가져 몰입의 즐거움을 배우면 좋다. 취미를 가지면 자녀가 언제 오는지 살피며 심심해할 시간이 없다. 또한 좋은 친구를 가지는 것도 중요하다. 돈으로 살 수 없는 것이 친구이다. 중년 이후부터 친구 관리는 꾸준히 하자. 오래된 와인 같은 친구를 둔 노년은 부러울 것이 없다. 노인이라는 것은 직위도 자격도 아니다. 노년의 쓸쓸함에서 자신을 구할 수 있는 사람은 오직 자신뿐임을 잊지 말자. 노인의 3대 적인 죽, 링거, 휠체어를 거부할 수 있는 탄탄한 체력을 기르자. 인생은 마라톤이다. 평생 배운다는 마음으로 노력하며 삶에 충실하자.

아, 늙는 것도 서러운데 무슨 할 일이 이렇게 많은지 모르겠다
는 생각이 들지도 모른다. 하지만 잘 늙는다는 건 역시 부럽고 어
려운 일이라 생각하며 열심히 노년을 준비하자!

몸으로 경험하고
마음으로 느낀 어르신 모시기

사람은 서로의 입장과 처지를 바꿔 생각해야 한다.

공자

엄마와 보청기

노화를 인정하고 싶지 않아도 몸이 알아서 먼저 알려주는 것이 있다. 개인차가 있겠지만 바로 시력과 청력의 감퇴, 그리고 치아 건강과 같은 것들이다.

40대 초반에 눈이 침침해 안경에 문제가 있다 싶어 안경 가게를 찾았는데 "노안입니다"라는 주인의 말이 얼마나 섭섭하던지 그 가게를 그냥 나와버렸다는 선배가 있다. 하기사 돋보기를 쓰면 정말이지 노인 티가 많이 난다. 겉으로는 10년 이상 젊어 보이는 선배도 책을 읽을 때면 돋보기를 꺼내 쓴다. 그러면 나도 모르게 "어! 선배 벌써?" 하고 외치게 되는데, 그쯤 되면 그저 서로 웃을 수밖에 없다.

요리연구가 빅마마 이혜정 씨가 스튜디오에 오는 날이면 즐겁다. 늘 괄괄하고 밝을 뿐 아니라 먹음직스럽게 요리를 전하는 말

씨 또한 수준급이라서 우스갯소리로 음식솜씨보다 말솜씨가 더 좋은 것 아니냐고 놀리기도 한다. 어느 날은 방송을 하는데 갑자기 그녀가 가방에서 무언가를 찾더니 선글라스를 꺼내 쓴다.

"선생님 멋쟁이시네요. 스튜디오에서 웬 선글라스예요?"

"아니, 뭐 가수만 실내에서 선글라스 쓰란 법 있어요?"

"너무 상큼한 디자인과 컬러라서 예쁜데요. 저도 하나 살래요."

"오호, 이거요, 사실은 돋보기예요. 맘에 들어요? 삼만 원 주면 해다주지!"

역시 멋쟁이는 무언가 다르다. 돋보기 하나 했을 뿐인데 선글라스처럼 보이니 말이다. 노안이라는 소릴 듣고 정말 그 안경 가게 주인이 미워졌다는 선배의 말도 수긍이 가지만 돋보기 패션으로 사람을 놀래키는 빅마마의 센스 또한 멋지다. 역시 노화는 받아들이기 나름이라는 생각을 다시 한 번 하게 됐다.

며칠 전에는 평소에는 요구사항이 별로 없으시던 엄마가 날 부르셨다.

"얘, 영미야, 보청기 좀 알아봐라."

엄마가 얼마나 불편하셨으면 먼저 말씀하셨을까?

노인성 난청은 개인차가 크다. 80세가 넘어도 보청기 없이 일상생활이 가능한 어르신도 많다. 대개는 청력검사에서 40데시벨 이상 나오면 보청기를 사용하라는 권유를 받는다. 이비인후과에 가서 고막이나 소리 전도에 이상이 있는지 청력검사를 하고 난 후 보청기를 하는 것이 순서다.

생각보다 보청기 값은 꽤 비싸다. 보청기는 수입부품이 많아 국내브랜드라 해도 가격이 비싸진다. 한쪽에 150만~250만 원 선이다. 무조건 비싼 게 좋은 것이 아니니 적응 기간을 거쳐 결정하는 것이 현명하다.

어르신들이 너무 작은 보청기를 하게 되면 오히려 불편하다. 노안도 오고 손동작이 둔해지는 것을 감안하면 귀걸이형이 무난하다. 또 청력검사에서 60데시벨 이상이 나오면 장애인 혜택도 있으니 참고하면 좋다.

대한민국 65세 이상 노인 중 30퍼센트는 노인성 난청을 앓고 있다. 사실 난청이 오면 심리적으로 위축되고, 가족 간의 대화에 동참하지 못하니 고립감을 느끼며 우울해진다. 부모님과 얘기할 때 대화가 아니라 소리 지름으로 끝나는 경우가 많다면 보청기 사용을 권유하는 것이 효도다.

평소 어르신들과 대화할 때 목소리가 잘 들리게 하려면 얼굴과 얼굴을 마주하며 대화해야 한다. 80센티미터에서 1미터 이내의 거리가 좋다. 눈을 마주치면 더욱 전달이 잘된다. 또한 평소보다 조금 큰 소리로 말씀드리는 것이 좋다. 그렇다고 소리를 고래고래 지르는 것은 금물이다. 양쪽 귀에 소리가 골고루 들리도록 하며 또박또박 말하는 것이 요령이다. 그리고 목소리 톤을 약간 높이는 것이 더 잘 들린다.

나이가 들면 소리를 변별할 때 자음에 대한 구별이 어렵게 느꺼진다. 상대적으로 모음 '아, 야, 어, 여'는 구별이 잘 된다. 따라서 대화 도중 어르신이 '멍'한 상태가 되면 다른 낱말의 표현을 사용해서 이해력을 높이도록 한다.

예를 들어 "식사하셨어요?", "점심 드셨어요?", "진지 드셨어요?"라고 말하는 것이다. "밥이요. 밥, 밥, 밥" 이렇게 말씀드리는 것은 난청에 대한 무지의 표현이다.

노화가 되면 청력에 이상을 느끼고 대부분의 노인들은 이명 현상을 호소한다. 귀에서 삐ㅡ 하는 소리나 웅ㅡ 하는 소리가 계속 나기도 하는데, 이는 실제로는 나지 않으나 뇌에서 느끼는 소리로 노인의 고통은 가중된다. 간혹 헬스장에서 크게 틀어놓는 음악소리에 오랫동안 노출되면 난청을 호소하는 경우도 많으니 각별히 신경 써야 한다.

노화라는 것 자체가 적응력의 문제이다. 따라서 무엇보다도 어르신들의 심신의 반란을 이해하는 것이 중요하다.

아~ 까다로우신 우리 엄마, 보청기 선택으로 날 얼마나 괴롭히실까? 하지만 엄마, 꼭 효녀모드로 모시고 갈게요!

박 여사와 지팡이

올해 엄마가 78세가 되셨다. 예민한 성격의 엄마는 중년 이후부터 늘 몸이 편찮으셨다. 독자인 아버지한테 시집 와서 딸만 다섯을 낳았으니 산후조리는커녕 시어머니 눈치 보기에 바쁘셨단다. 호랑이 시어머니의 온갖 구박을 다 받으셨지만 엄마 이름에 있는 順(순할 순) 자로 인해 엄마는 늘 양보와 희생의 삶을 살아오셨다. 노망에 중풍 든 시어머니를 마다 않으시고 지극 정성으로 모셨고, 시어머니가 세상을 떠나셨을 때에도 가장 마음 아프게 우신 분이 우리 엄마다.

어린 시절, 난 그런 엄마를 보며 '엄마처럼 바보같이 살지 않겠다'고 결심하곤 했다. 하지만 내가 중년이 되어 엄마를 보니, 그저 엄마가 대단하고 감사할 따름이다. 나로서는 도저히 하지 못할 일들을 엄마는 군소리 없이 살아오셨다. 그것이 바로 우리 어머니 세대인 대한민국 할머니들의 저력이 아닐까? 어려운 살림에도 자식들을 잘 키워내고 인내의 삶 속에서 지혜와 경륜을 체득한 모습 말이다.

노인학에 대해 공부를 하다보니 일본을 자주 들르게 된다. 어느 날은 실버용품점에 갔더니 정말 예쁜 지팡이를 팔고 있었다. 알루미늄 재질의 가벼운 중량감, 크기를 마음대로 조절할 수 있는 접이식 양산 크기의 사이즈, 게다가 다양하게 구비된 색깔까지. 그 지팡이를 본 순간 엄마 생각이 났다. 노인 방송을 한다고 말은 잘하면서도 정작 엄마가 아프실 때 병원에도 잘 모시고 가지 못한다는 자책감에 냉큼 지팡이를 샀다.

비행기 안에서 난 정말 흐뭇했다. 엄마가 얼마나 기뻐하실까? 특히 엄마가 제일 좋아하는 보라색을 샀으니 이제 칭찬받을 일만 남았다고 생각했다. 역시 엄마는 많이 기뻐하셨다. 이런 선물을 받는 사람은 별로 없을 거라며 딸을 치켜세우고 장난감을 받은 아이처럼 여러 번 지팡이를 만지셨다.

그런데 며칠이 지나도 엄마는 지팡이를 그냥 두기만 하셨다. 현관 입구에 날씬하게 서 있는 보랏빛 지팡이를 보면서 왜 저러실까 약간 화도 났다. 물건 아끼는 습관이 또 도지신 걸까? '아! 엄마 제발 그러지 좀 마세요.'라는 생각이 절로 들었다. 이런저런 생각을 하며 더 이상 참을 수 없어 엄마에게 물었다.

"엄마 너무 하신 것 아녜요? 왜 지팡이를 세워두시는 거죠?"

그런데 엄마의 답은 내 예상을 빗나갔다.

"애, 나가봐라. 요즘 지팡이 들고 다니는 노인들 봤니? 노인들 다 그래. 지팡이 들고 다니면 창피하대."

네 발로 다니다 두 발로 걷고 다시 세 발이 되는 것이 인간이 아니었던가. 그런데 왜 노인들은 지팡이가 두려운 걸까?

뼈가 약한 어르신들에게 지팡이는 발을 보호하고 허리를 꼿꼿하게 펴고 보행할 수 있게 해주는 긴요한 도구다. 그런데 어르신들은 노인이 된다는 것은 무언가 소외되는 대상이 된다고 생각을 하신다. 그래서 꼭 필요한 지팡이도 쉽게 짚고 다니시지 못한다. 결국 지팡이가 필요하고 편리한 물건인데도 굳이 사양하는 건 젊은 사람들의 냉랭한 시선이 불편하기 때문이다.

우리 모두 어르신들에게 다시 지팡이를 돌려드리자. 세 발의 아름다움을 자연스럽게 여기시도록 말이다. 다시 지팡이 짚기 운동이라도 펼쳐야겠다.

스프가
식지 않는 거리

노인 단독가구가 늘고 있다. 보건사회연구원의 전국 노인 생활 실태조사 결과, 노인 단독가구 비율이 1995년 36.6퍼센트에서 2000년 44.9퍼센트, 최근에는 51.2퍼센트에 이르렀다고 한다. 사실 노인 단독가구는 서구의 경우 90퍼센트나 차지한다.

전체 인구 중 고령인구가 차지하는 비율이 7퍼센트 이상이면 고령화사회라고 한다. 우리나라는 이미 2000년 65세 이상 노인인구가 7.2퍼센트에 달했다.

수명이 연장된 고령화사회에서 아무래도 생활 의존도가 높은 노인들이 자식 세대에게 의존하지 않고 단독가구로 산다는 것은 무엇을 의미하는 것일까?

효가 중시되었던 전통사회에서 노인들은 집안의 수장이었다. 어르신 중심의 문화 속에서 노인들의 삶은 권위 있게 형성

되었다.

현대사회의 노인들은 의학의 발달로 장수를 누릴 수 있어 더 행복할 것 같지만 오히려 혼란 속에 소외감을 느끼며 살고 있다. 가치관의 변화와 함께 생활의 중심이 어르신 세대에서 자녀 세대로 옮겨지면서 부부 중심의 가정생활이 대세가 되고 있다. 부모 세대는 자식 세대와 53퍼센트가 동거를 희망하지만 자식 세대는 부모 세대와의 별거를 73퍼센트나 희망하고 있다. 이쯤 되면 부모 세대의 짝사랑이 너무 깊다.

한편 자녀들은 부모를 모시지 못한다는 약간의 죄책감을 갖고 살고 있다. 연로해지는 부모님의 모습을 보면서 효도를 다하지 못하는 송구스러움이 있다. 하지만 경제적 이유가 아니라면 굳이 나서서 부모를 모시겠다는 자녀들이 적은 것도 사실이다.

부모 역시 처음에는 자식의 분가가 괘씸하기도 하고 섭섭하기도 하지만 노년부부 중심으로 삶의 패턴이 바뀌면서 잃어버렸던 청춘을 다시 찾는 경우도 많다. 자식이 분가하면 처음에는 다시 찾아온 부부의 삶에 제대로 적응하지 못해 힘들어하지만 차츰 젊은 시절의 신혼은 아니더라도 앞으로 계속될 노년부부 중심의 삶을 만들어가는 것이 보기 좋다.

노년의 고통은 이별이라 했던가? 영원한 이별은 아니지만 자식을 결혼시킨 후 분가시키는 거주의 이별이나 마음으로 자식을 떠나보내는 아픔을 겪은 노인들은 한결같이 말한다.

"품안의 자식일 때가 좋았지."

"우리 아들 아장아장 걸었을 때 얼마나 귀여웠다고.

그때가 그리워."

"지금은 자기 마누라하고 자식밖에 몰라.

어미 아비는 이미 뒷전이지."

"우리 딸 평생 나랑 산다고 했어. 그러던 그 녀석이 신랑 만나

더니 이젠 나는 아예 잊었어."

변화는 두렵지만 무시할 것도 못된다. 생활방식을 바꾸는 것은
쉽지 않다. 사실 굳이 가족이 꼭 같이 살아야만 사랑하는 것도 아
니다. 너무 가깝게 있으면 오히려 일거수일투족이 다 보여 오해
하고 부딪치는 경우도 많다.

노인을 공부하면서 효도와 사랑을 표현하는 방법들을 많이 생
각하게 된다. 커리어우먼이란 핑계로 내 딸아이의 육아를 친정아
버지 어머니가 정말 많이 도와주셨다. 분주한 방송 생활에서 내
가 편안하게 아나운서 경력을 쌓아나가는데 적극적으로 도와주
신 분이 다름 아닌 친정부모님이다. 아버지의 은퇴 후의 생활은
손녀딸의 육아로 가득했다. 아버지가 하시고 싶었던 노년의 삶도
미루시고 딸아이를 친정어머니와 함께 키워주셨다.

〈청춘〉을 통해 "어르신들, 손자 손녀의 육아에 삶을 올인하면
후회하십니다."라고 외쳤던 내가 실은 친정부모님 덕에 방송을
하고 있었던 셈이다. 알고 보면 인생은 참 아이러니다.

어르신 공경은 정말 생활에서 배우는 것 같다. 어릴 때부터 할

아버지 할머니 사랑을 듬뿍 받은 딸아이는 어른 사랑이 지극하다. 이제는 커서 중학생이 됐는데 봉사활동을 갈 때도 꼭 노인요양원을 신청한다. 다른 친구들은 노인에 대해 거부감과 두려움, 불쾌함까지 있다고 하는데 우리 딸아이는 조부모께 받은 사랑과 고마움 때문인지 어르신들을 공경하고 좋아한다. 할아버지의 인자한 웃음을 보면 마음이 놓이고 할머니의 잔소리를 깊은 사랑으로 알아듣는 지혜와 고운 마음씨도 배운 것 같다.

이번 정초에 있었던 일이다. 누구나 새해에는 한 살을 더 먹고 싶든 먹고 싶지 않던 간에 떡국을 먹는다. 우리 전통 풍습대로 떡국을 먹어야만 새해 할 일을 했다는 생각이 들기 때문이다. 새해 첫날 시어머니와 함께 우리 집에서 떡국을 먹었다. 오랜만에 시어머니께서 아들에게 떡국을 끓여주시고 싶으셨던 모양이다. 우리 가족은 맛있게 잘 먹었는데, 문제는 친정부모님이었다. 친정어머니가 아프셔서 아버지는 새해에 그 흔한 떡국조차 못 드신 것이다. 친정이 걸어서 5분 거리인데 미처 챙겨드리지 못해 죄송한 마음이 가득 밀려왔다. 그런데 다음날 퇴근하고 집에 오니 시어머니께서 딸아이를 극찬하신다.

"애미야, 선재 정말 잘 키웠다. 어찌나 하는 짓이 예쁜지."

딸아이는 외할아버지가 새해 떡국을 드시지 못했다는 것을 알고 시어머니에게 부탁을 했다고 한다.

"할머니, 우리 할아버지 갖다드리게 떡국 좀 끓여주세요. 우리만 떡국을 먹었나 봐요. 외할머니가 아프셔서 할아버지가 떡국 구경도 못하셨대요.”

결국 시어머니는 재빨리 맛있게 떡국을 끓이셨고 딸아이는 뜨거운 떡국을 냄비째 들고 가는 배달소녀를 자처했다. 떡국 한 그릇에 담긴 정성과 사랑으로 우린 새해를 뿌듯한 마음으로 보냈다.

효도는 생활에서 배우는 것이다. 사랑은 자주 만나야 생기고, 많이 받은 사람이 줄 수 있다는 것을 딸아이에게서 다시 한 번 배운다. 이런 것을 보면 꼭 내리사랑만 있는 것이 아니라 ‘올리사랑’도 있는 것 같다.

부모 세대와 분가하는 자식 세대가 각자의 프라이버시를 존중하며 사랑하고 효도하는 방법은 어떤 걸까?

노인연구가들은 ‘따뜻한 스프가 식지 않는 거리’에서 사는 것이라고 말한다. ‘따뜻한 스프가 식지 않는 거리’란 노년 세대에게는 심리적 안정감을 주고 자녀 세대에게는 효도하는 거리다.

따뜻한 떡국도 구수한 스프도 우리의 합리적인 사랑으로 그 맛이 더욱 빛날 테니 우리 모두 그 따뜻한 거리 안에서 부모님들을 챙겨드리자.

효도와
문자메세지

"며칠 만에 자녀들로부터 안부전화를 받으시는지요?"

노인대학에서 특강을 하면 꼭 어르신들에게 드리는 질문이다. 그런데 이 질문은 강의가 무르익었을 때 해야 성실한 답이 나온다.

강의 초반에 이렇게 물으면 갑자기 분위기가 썰물이 된다. 강사와 어르신들 사이에 공감대가 이루어졌을 때 기습적이고 개별적으로 질문해야 진정성이 보인다. 대부분 우리 어머니, 아버지들은 체면의식이 많으시기 때문이다. 또 귀한 내 자식이 남 앞에서 비난의 대상이 되는 것은 견딜 수 없어 하신다. 차라리 내가 참고 말지 하는 마음들이다. 그래서인지 먼저 쉽게 대답을 하지는 못하신다.

우리 시대에서 효도란 무엇일까? 지금은 어르신들이 그 윗세대를 모셨던 때와는 너무도 다른 세상이 되었다. 전통적인 효를 강요할 수도 없고, 오히려 그렇게 하면 가정 내 갈등만 커진다. 현대사회에 맞는 효 문화의 정립이 정말 절실하다.

TV 가족 드라마도 문제다. 그곳에 나오는 며느리들은 왜 하나같이 그렇게 효부일까? 어쩌면 그렇게 예의가 바를까? 또한 며느리들 앞에서 당당하고 권위 있는 시어머니들은 무슨 복일까? 돈 있는 시댁이라서 그럴까? 현실을 반영하지 못하는 드라마는 오히려 어르신들에게 더 소외감을 느끼게 한다.

사실 늙어서 덕을 보려고 자식을 키운 것은 아니지만 자식들이 장성하고 나면 어르신들은 더 외롭고 섭섭한 마음이 큰 것 같다. 결혼이라도 시키고 나면 더 멀어지는 것 같다고들 하신다. 부모 체면에 바쁜 자식들에게 먼저 전화하는 것도 번거롭다. 그래도 자식들 전화는 기다리신다. 어쩌다 통화가 되면 마음이 한결 놓이고 편안하다. 효도는 용돈의 많고 적음이 아니다. 용돈을 거부하는 어르신도 없지만 효도가 용돈이라는 노인도 없다. 효도는 마음이 먼저다.

오랜 시간 동안 노인 방송을 한 덕분인지 나는 어르신들을 만나면 현실적이 얘기를 많이 나누는 편이다. 다소 섭섭하시더라도 솔직한 상황을 말씀드리는 것이 더 낫다는 생각이다.

"어르신들, TV 드라마 보시고 부러워 마세요. 드라마가 절대 현실이 아니에요. 제 친구들한테 물어봐도 매일 부모님께 전화하는 일은 거의 없대요. 괜히 드라마에 나오는 며느리를 보고 섭섭해하지 마세요. 그러니 솔직히 손들어주세요. 매일 자녀로부터 안부전화 받으시는 분?"

이렇게 이야기하니 이제서야 슬슬 손을 드시기 시작한다.

"1주일에 한 번 받으시는 분?"

"……"

"15일에 한 번 받으시는 분?"

거의 없다.

"자 그렇다면 한 달에 한 번 받으시는 분?"

"석 달에 한 번?"

"아님 명절 즈음에나 연락이 오나요?"

대부분의 어르신들이 이제야 맘 편하게 손을 드신다. 이쯤 되면 나 역시 맘이 편해진다. 어르신 대상 방송을 하니 늘 효도할 것 같지만 사실 그렇지 않다. 이번엔 내 신상을 솔직하게 고백할 차례인 것 같다.

일 년에 한 번 돌아오는 시어머님 생신날은 공교롭게도 일정이 너무 바빴다. 생신 축하전화를 드렸는데 통화가 되지 않았다. 불편한 마음이었지만 다시 통화할 시간이 없어 문자를 남겼다.

그런데 어머니는 남편에게 전화를 걸어 섭섭한 마음을 토로하셨다. 남편으로부터 그런 말을 들은 나 역시 정말 섭섭한 생각이 들었다. 노는 며느리도 아닌데, 그리고 생신 당일은 아니지만 미리 생신 모임을 갖지 않았느냐며 남편에게 볼멘소리를 했다.

문제는 문자메시지였다. 시어머님은 휴대폰을 가지고 계셨지만 문자 보시는 것을 몰랐다. 그날 그 사건 이후 난 〈청춘〉에서 어르신을 대상으로 한 휴대폰 문자 교육의 필요성을 강조했다. 젊은이들에게는 당연한 것이지만 어르신들에게는 교육을 해야만 겨우 습득하는 것이 문자메시지다.

시어머님 생신 사건 이후 나는 딸, 선재에게 할머니께 문자메시지 작성하는 방법을 10번만 반복해서 알려드리라고 했다. 착하게도 선재는 정말 어르신들을 좋아한다. 사명감을 갖고 A4용지에 그림을 그려가며 할머니가 쉽게 이해하실 수 있게 문자 사용법을 전해드렸다.

당연히 시어머니는 만족해하셨고 선재는 할머니를 도와드렸다는 뿌듯한 마음을 갖게 되었다. 나 역시 전화통화가 안 되면 문자를 보내면 되니까 얼마나 안심되고 편한지 모르겠다.

대부분 노인들은 휴대폰을 통화용이나 알람으로만 사용한다. 문자메시지 보내기가 싫어서가 아니다. 배울 기회가 없고, 딱히 누구에게 알려달라고 하기도 어색해서 그냥 지내는 것이다.

요즘 노인복지관의 특강 중에 휴대폰 문자메시지 배우기 과목이 있다. 많은 어르신들이 이 교육을 받고 나면 얼마나 신기해하고 즐거워들 하시는지. 음성으로 전하는 것보다 더 살갑고, 정다운 표현을 문자와 이모티콘을 통해 주고받으면 정말 젊어지는 것 같다고 말씀하신다. 그리고 주변에 아직도 문자를 못 보내는 분을 만나면 이렇게 반응하신다.

"아니 김 영감님? 아직도 문자 몰라요? 세상이 어느 때인데 여

태 무엇하셨나?"

부모님께 실버폰만 사드리지 말고 사용 방법도 알려드리자. 콘텐츠가 좋아야 프로그램이 살 듯 문자메시지를 하실 줄 알아야 가족 사랑이 더 커진다.

21세기 효도법

효자, 효녀, 효부. 효심이 많은 사람들을 일컫는 이 단어들이 언제부턴가 부담스럽게 여겨지는 것은 왜일까? 분명 좋은 뜻을 담은 말들인데, 칭찬받을 만한 일들인데, 선뜻 따라하겠다고 다짐하기에는 쉽지 않은 단어가 되었다.

3대가 함께 살던 시대에 효는 가정의 질서를 유지하는 자연스러운 규칙이었다. 그러나 노인 단독가구가 늘어나고 자녀를 중심으로 하는 핵가족이 대부분이 되면서 효를 실천하고 유지한다는 것은 어려운 일이 되고 있다.

20년 전만 해도 집집마다 회갑연을 많이 했다. 가장이 정년 후 몇 해 지나면 60세요, 자녀들도 다 장성하고 결혼하니 그야말로 노년기에 접어드는 큰 행사였다. "나 지금까지 이렇게 열심히 잘 살아왔소. 앞으로는 편안한 노년이니 와서 축하해주시오."라는 염원도 담겨 있는 잔치였다.

그러나 요즘에 회갑연 한다고 초대를 하거나 받은 적이 있는가? 오히려 한창 젊은 나이에 웬 회갑연이냐고 반문할 것이다. 노년의 초입 시기를 자꾸 늦추는 것도 어쩌면 노년들에게 독립하는 기간을 늘려야 한다는 압력은 아닌지 모르겠다.

인간수명 100세를 기대하고 있는 이 시대에 효는 너무나도 기나긴 여정이 될 것 같다는 계산이 깔려 있는 걸까? 부모 세대가 정년 후 보통 30~40년을 산다고 보면 자식들에게 기대하는 효 역시 그만큼 강도 높다는 얘기가 될 테니 말이다. 그러나 긴 병에 효자 없다고 현실적인 효의 실천 역시 10년 안쪽이라고 생각한다.

그래서인지 요즘 시어머니들은 야무진 생각을 많이 한다. 예전 우리 어머니들이 시집 와서 그들의 시어머니한테 구박받던 얘기는 그야말로 호랑이 담배 피던 시절의 이야기가 되고 말았다.

며느리들을 맞이하게 되는 신식 시어머니들은 고부간의 갈등을 줄이기 위한 각종 정보들을 주고받으며 며느리와 좋은 관계 만들기에 관심이 많다. 인간관계 훈련도 받으면서 어른이 먼저 베푸는 사랑으로 며느리에게 선물도 하고 칭찬도 많이 한다. 시집 온 날 시부모께 밥상을 차려드려야 하는 며느리의 어리둥절함을 십분 이해해, 며느리도 손님이라는 마음으로 아들 내외에게 밥상을 차려주는 시어머니도 늘고 있다.

참 많은 변화다. 효도 당연히 이렇게 해야 한다는 전통과 강요가 아니라 현실에 맞춰 유연하게 대처하는 시어머니들의 내리사랑 역시 지혜롭다.

첫 단추가 술술 잘 끼워졌다면 이제부터는 며느리의 차례다. 생각이 있는 며느리라면 당연히 시어머니의 태도에 감동했을 것이다. 게다가 요즘 며느리들은 정보가 많다. 아들이 무심하게 지나치는 것도 며느리는 여자이기에 선배 여성인 시어머니의 심정을 들여볼 줄 안다.

"어머, 어머니 얼굴에 검버섯이 벌써 생기시네요. 미모가 여전하신데, 저와 함께 피부과 가보실래요?"

"그래, 정말 센스 있구나! 노인학교에 갔더니 모두들 점 빼고 얼굴 주름 없애느라 정신없더구나. 같이 가줄 수 있겠니?"

대화가 이쯤 무르익으면 아들이 할 일은 단 하나다. 비용을 준비해서 슬쩍 건네면 된다. 그러면 두 여자는 즐거워진다. 괜히 노년의 아름다움은 내면에 있다는 말이나 여자의 아름다움은 마음에 있다는 식의 말만 안 하면 일단 가정의 평화는 유지된다. 이 정도로 살갑게 며느리와 시어머니 사이에 대화가 오간다면 아들 입장에서는 그저 고마울 따름 아니겠는가?

라디오 〈청춘〉에서는 건강 관련 상담들을 다양하게 하고 있는데, 최근 부쩍 많이 올라오는 사연들이 노인 성형에 관한 것이다. 우리의 생활이 윤택해졌기 때문일까? 아니면 외모지상주의가 노년층에도 확산되는 걸까?

노인 성형을 비딱하게 보면 한도 끝도 없다. 하지만 약간의 노력과 돈으로 노년층에게 자신감과 젊음을 되돌려주는 것을 나쁘게만 보지는 말았으면 한다. 정작 자신이 나이가 들고 늙으면 그 기분을 이해할 수 있을 테니 말이다. 미리 노년을 재단하고 평가하는 일은 뒤로 좀 미루었으면 좋겠다.

21세기를 살아가는 우리가 효를 실현하고, 나아가서 인간적인 도리인 올리사랑을 실천하려면 어떤 방법이 좋을까? 21세기에 맞추어 좋은 방법들을 몇 가지 소개한다.

첫째, 부모님께 휴대폰을 사드리고 문자메시지 하는 법을 알려드린다. 노년이 되면 지하철이나 버스에서 통화하기가 너무 어렵다. 주변이 시끄러울 뿐 아니라 소리도 잘 안 들려 통화를 하고 나면 목이 아픈 경우가 많다.

반면에 문자메시지는 참 편리하다. 우선 장소의 구애를 받지 않는다. 말로 하기 어려운 감정표현도 이모티콘만 살짝 곁들이면 훌륭하고 효과적으로 전달할 수 있다. 부모 세대 역시 배울 생각만 있다면 어디서나 손자 손녀들과 자식들에게 온 문자를 읽을 수 있고 또 남에게 보여주며 은근히 가족의 사랑을 과시할 수도 있으니, 이 얼마나 일석이조인가!

부모님을 신세대 시니어로 만드는 길, 문자메시지의 사용에 있다는 것을 잊지 말자.

둘째, 부모님 건강을 챙긴다. 어버이날 건강검진권을 선물로

드린다거나 외모 관리에 신경을 써 드리자. 의상이나 헤어 염색, 미용 성형에도 마음을 열어놓고 있다는 것을 알려드리고, 혹시 어머니로부터 그런 의향이 있다는 것을 알면 무시하지 말고 어머니도 여자라는 것을 잊지 않도록 한다. 형편에 맞게 비용과 정보를 제공해 드리는 것이 효도이다.

셋째, "성공하면 그때 잘 해야지" 하는 마음을 버리고 지금 할 수 있는 것부터 시작한다. 애석하게도 시간은 늘 우리 마음처럼 되지 않는다. 부모님 장례식장에서 가장 처절하게 우는 자식은 대부분 부모 살아생전에 속을 많이 썩인 자식이다. 불효자가 가장 많이 우는 법이다. 돌아가신 부모 입장에서는 참 애석한 일이다.

그러니 무리하지 말고 현재 상황에서 효도하는 길을 찾길 바란다. 분명히 있다. 밑반찬거리 챙겨드리기, 말벗 되어 드리기, 살아가는 고민 털어놓기, 함께 목욕하기, 발 마사지 해드리기, 어깨 주물러 드리기 등 돈이 안 드는 효도도 찾아보면 많다. 문제는 마음이다. 자주 가지는 못하더라도 만날 때만이라도 살갑게 대하고 마음을 전해드리자. 부모님은 그런 자식을 다 이해하며 흐뭇해하신다.

요즘 노인 세대는 많은 것을 젊은 층에게 요구받는다. 그래서 노인학교에서는 젊은이들의 정서와 노인들의 생각의 차이를 좁혀주는 프로그램들을 많이 운영한다. 예전의 노인들만큼 요즘의 노년들은 일방적이지 못하다. 긴 세대가 노년에게도 적용되는 셈이다.

그들은 자식이 무리해가며 효를 실천하는 것을 원하지 않는다. 그저 부모 입장에서 자식들이 부모에게 손 벌리지 않고 나름대로 반듯하게 살아주는 일을 최고로 바란다.

자식들에게 부담 주지 않는 부모, 경제적으로 독립하고 그저 재미로 적은 용돈을 자식에게 받으면 친구들에게 자랑삼아 이야기하는 부모, 손자 손녀들에게 할아버지, 할머니의 권위를 인정하게 하는 용돈을 줄 수 있는 정도의 경제력, 건강을 스스로 잘 지켜 노년생활의 활력을 지켜나가는 지혜, 외롭지 않게 마음이 통하는 한두 명의 친구들. 이런 모습의 노년은 행복하다. 참 소박하며 아름답지 않은가?

무리하지 않는 효도, 요구하지 않는 효도, 며느리에게만 시부모 생일 선물을 요구하는 것이 아니라, 며느리 생일에 작은 선물이라도 마련하는 시부모, 장모님 생일을 기억하는 사위, 사위 생일에 맛있는 것을 사주는 장모, 모든 것에 큰 기대 하지 말고 섭섭해하지 말며, 그저 고맙고 이해하고 미안하고 사랑하는 마음이 있다면 이것이 바로 가정의 평화가 아닐까?

효도는 인위적으로 되는 것이 아니다. 자연스럽게 부모 자식 간에 오가는 정이며 마음이다. 그래야 오래가고 힘들지 않다. 내가 성공하면, 부자 되면 나중에 하자는 마음을 가지면 영영 기회를 놓칠지도 모른다. 큰 것에만 관심을 두지 말고 작은 일상사에

마음을 돌려보자. 지금 당장 부모님께 전화를 한번 드려보는 것
은 어떨까? 생색나는 용돈보다도 어쩌면 전화 한 통이 부모님 마
음을 더 풍요롭게 하는지도 모른다.

어버이 살아신 제 섬길 일란 다하여라.
지나간 후면 애닯다 어이하리.
평생에 고쳐 못할 일이 이뿐인가 하노라.

송강 정철의 시조처럼 시간을 돌이킬 수 없는 후회를 줄이려면
조금 힘이 들어도 지금 하자. 그것이 바로 진정한 효도다.

미리 경험하는 노년

노인이 되는 것을 기대하고 바라는 사람이 있을까? 가끔 행복해 보이는 은퇴자들을 보면 부러울 때가 있다. 건강과 경제력, 유쾌한 친구들, 삶에 대한 호기심이 많은 노년들은 언제 봐도 닮고 싶다.

요즘 거리를 다니다보면 노인복지관이 있는 곳에는 실버존이란 것이 있다. 학생들을 보호하는 스쿨존처럼 노인의 상태를 고려해 배려한다는 뜻이다. 자연히 버스의 속도도 늦추고 노인들이 횡단보도를 건널 때에는 더 살펴야 한다는 것이다.

노인들은 대부분 집 근처의 복지관에 다닌다. 두세 시간씩 버스를 타고 이동하기에는 체력 저하가 심하기 때문이다. 그렇다고 걸어서 다닐 수도 없다. 자연히 버스나 지하철을 이용하게 되는데 문제는 바로 그 마을버스다. 노인들은 버스를 타려고 뛰어오다가, 운전기사의 재촉에 못 이겨 버스에서 빨리 내리다가 사고가 나는 경우가 많다. 매연냄새 나는 버스에 타서 서 있는 것도 괴로운데 급발진에 급정거까지 하니 차 내에서 넘어지는 경우가 허다하다.

친정어머니가 바로 그런 경우였다. 노인학교에서 집으로 오다가 사고를 당하셨다. 자리에서 일어나 문 쪽으로 가는데 버스는 급정거를 했고 친정어머니는 차 안에서 넘어지셨다. 넘어지면서 온갖 근육이 놀라고 꼬리뼈가 다쳐 그 후 석 달 동안이나 집 밖 출입을 못하고, 정형외과와 한의원을 오가며 엄청나게 고생하셨다. 몸이 불편해지니 우울증도 오고 분명히 가해자는 있는데 보상은 없고, 맘고생, 몸고생이 이만저만이 아니었다.

이런 친정어머니의 아픔과 고생을 보고도 넋 놓고 있을 수밖에 없는 나의 무기력함에 더 속상했다. 솔직하게 말해 어머니가 병원에 가실 때 함께 가지도 못했다. 출근을 해야 하고 방송을 해야 하는 내 삶이 너무 버거웠다. 병원에 함께 가려면 적어도 반나절을 같이 보내야 하는데, 현실적으로 불가능했다. 비단 나만은 아닐 것이다. 하루 휴가를 내지 않으면 부모님 모시고 병원 가기도 힘든, 대한민국에서 직장생활을 하는 사람들이라면 다 비슷비슷한 처지일 것이다.

멀쩡한 어머니가 버스에서 사고를 당한 후 고생하시는 걸 보면서 노인들에게 무례한 버스 운행에 더욱 화가 났다. 주변 어르신의 이야기를 들어보면, 버스기사가 노인들이 정류장에 있으면 오히려 더 속도를 내고 쌩 하니 가버리는 경우가 많다고 한다. 그리고 버스기사가 빨리빨리 타고 내리라고 재촉하는 것이 몹시 버겁다는 것이다.

노인들에게 버스는 편리한 시민의 발이 아니라 '달리는 폭탄'이다. 그렇다고 모든 노인학교들이 셔틀버스를 운행할 수도 없고, 모든 노인들이 택시만 이용할 수도 없으며, 모든 노인들이 스스로 승용차를 몰고 다닐 수도 없다. 셔틀버스 운행은 복지관의 예산 문제, 택시와 승용차 이용은 노인 경제력의 문제와 연관된다. 설령 경제력이 있다 한들 어르신들은 정말 아끼며 산다.

따라서 노인들을 위한 안전한 버스 타기 운동은 정말 필요하다. 문제는 버스운송회사의 의지인데, 아무리 선한 뜻을 가진 버스기사가 있다고 해도 운행시간을 맞추지 못하면 운전자에게 불이익이 있기에 노약자를 보호할 수가 없다고 한다. 또 일부 운전자는 노약자에게 너무 무례하다. 사고를 내고도 사과는커녕 그냥 운전하기 바쁘다. 대중교통을 이용하는 사람들 수가 더욱 늘어나고 있는 요즘, 노약자에게 안전한 버스를 제공해야 함은 마땅한 일이다.

서울시가 밤늦게 귀가하는 여성들의 안전을 위해 '여성안심귀가 서비스'를 시범운영한다고 한다. 이는 인적이 드문 외진 주택가에 거주하는 여성들을 고려해 지정된 버스 정류소가 아니더라도 주택가 인근에 내려주는 제도다.

이런 좋은 제도를 여성에만 한정할 것이 아니라 노년층까지 확대하면 어떨까 한다. 노인들의 특성상 밤늦게 다니는 일은 별로 없으니, 낮 시간에 집에서 복지관이나 노인학교를 오가는 노인들에게 멀리 있는 정류소가 아니라 목적지 인근에 내려주는 제도를 운영했으면 좋겠다. 특히 실버존에서는 노인들에게 버스기사가 빨리 내리라고 재촉하면 벌금을 부과하는 제도가 마련됐으면 한다.

버스운송회사 역시 노인들을 태운 버스가 조금 운행시간을 지체해도 운전자에게 불이익을 주는 대신 친절상이나 효도상 제도를 마련해 운전자의 부담을 덜어주었으면 한다. 그리고 시나 지자체가 노인안심 버스회사에 세제상의 혜택을 마련한다면 보다 합리적인 대안이 되지 않을까? 버스를 이용하는 노년들이 '달리는 폭탄'에 가슴 졸이는 것이 아니라 마음 편하고 여유 있게 버스를 이용할 수 있도록 다각적인 제도의 보완과 관심이 필요하다.

다행히 지하철의 경우는 노인들이 올라갔다 내려갔다 하는 번거로움을 없애기 위해 노약자용 엘리베이터와 노약자용 자리배치를 인정한 실버시트제도를 시행하고 있어 참으로 반갑다. 어쩌다 지하철 내에서 일어나게 되는 노소 간의 불협화음은 아직도 존재하지만 그래도 이 노약자보호석을 지정해놓으니 지하철을 탈 때 오히려 노약자석을 두리번거리지 않아도 돼 차라리 마음이 편해지지는 않았는지 젊은 사람들에게 묻고 싶다.

"늙는 것이 뭐 자랑이냐?"

"늙었으면 집에나 있지 왜 자꾸 다니는 거야?"

"젊은이들도 온종일 할 일이 많아 더 피곤하고 괴롭다."

혹시 이런 마음이 든다면 미래를 미리 가볼 기회를 주고 싶다. 실제로 노인 체험실이란 것이 있다. 관악노인복지관 어르신체험실, 한림대학교 생애체험실, 대한노인회 노인생애체험 센터, 혹은 해마다 열리는 실버박람회장에 가면 노인 체험을 할 수 있는 시설들을 마련해놓고 80세 노인의 몸 상태를 체험하는 기회를 준다.

내가 체험해본 느낌은 이렇다. 가장 먼저 체험하는 것은 시력의 변화다. 나이를 먹으면 수청체의 색채가 노란색으로 변하는 황화현상이 일어나 노랑, 주황, 빨간색 계통은 잘 구별할 수 있지만 보라, 남색, 파란색 계통은 구별이 어렵다고 한다. 특수 안경을 쓰니 주황과 주홍색의 구별이 모호해 같은 색으로 보인다. 그래서 나이가 들면 파스텔색을 좋아하던 사람도 채도와 명도가 강한 촌스럽게 느껴지는 색을 선호하게 되는 것 같다.

다음은 청력 테스트다. 귀에는 비행기를 탈 때 수면에 도움이 되는 귓속형 마개 같은 것을 넣는데 바로 청각 제한 장치다. 이 장치를 하니 바로 앞사람이 말을 하는데도 윙윙 소리만 들렸다. 상대의 말을 알아들을 수 없으니 소외감이 느껴진다. 표정을 보니 꼭 내 흉을 보는 것도 같다. 대화에 참여할 수 없으니 기분이 나빠진다. 노인들이 심리적으로 위축되는 이유를 알 것 같았다.

이번에는 어깨 위로 납조끼를 입었다. 어깨가 굽어진다. 허리를 제대로 펼 수가 없다. 양쪽 무릎과 발목에 무게가 나가는 납주머니를 찼다. 무릎이 무겁고 자연히 벌어진다. 관절염을 심하게 앓으면 나타나는 다리가 휘는 현상도 발생했다. 지하철을 탔을 때 여성들이 무심하게 다리를 벌리고 앉는 그 민망한 자세가 떠올랐다.

'나이가 들면 자연히 무릎에 조이는 힘이 약해져 다리가 벌어지는구나. 그저 '보기 싫어'가 아니라 신체를 고려한 의상 선택도 필요하고 또 그런 민망한 자세를 한 노년들을 보면 그들의 몸 상태를 이해하는 배려심도 있어야겠지!'

이 장치를 하고 나니 혈액순환이 잘 되지 않는 이유도 알 수 있었다. 판타롱 스타킹 대신 발목까지 오는 스타킹을 선호하는 이유도 알 것 같았다.

손에는 두꺼운 장갑을 꼈다. 100원짜리와 50원짜리 동전을 집을 수가 없다. 특수 안경을 끼고 보니 구분도 안 된다. 그 손으로 단추가 달린 셔츠를 입어보란다. 손동작이 둔해서 단추 하나도 제대로 끼울 수가 없다. 저절로 한숨이 나온다. 미리 체험한 노년은 생각보다 더 힘이 들었다.

약자에 대한 배려가 많은 사회는 성숙한 사회다. 노인유사체험을 한 번이라도 한 사람은 다시는 지하철 노약자보호석에 대해 불평의 말을 하지 않는다고 한다. 그래서 노인연구단체에서는 노인에 대한 이해를 높이기 위해서라도 이런 체험실을 지하철 이용이 많은 역 몇 군데에 상시 설치해놓으면 좋겠다는 의견을 내놓고 있다.

　노인 체험 후에 노약자석에 대한 의견을 물으면 양보의 당위성을 절감하고 그런 몸 상태에서도 유쾌함을 잃지 않고 열심히 사는 노년들에게 오히려 존경스러운 마음까지 더해진다고 하니, 꼭 한번쯤은 해야 하는 귀한 경험이다.

　시니어 산업 분야에 유니버설 디자인 제도가 있다. 노인에 대한 배려에서 시작된 이 디자인은 이제 모든 세대에게 편안한 디자인으로 통용되고 있다.

　노인 패션에 관심이 있다면 단추보다는 지퍼를 이용한 디자인을, 둥근 문손잡이 대신에 미는 손잡이로, 거실과 방을 이동할 때 문턱이 없는 편한 공간으로, 팔걸이가 없는 의자 대신에 팔걸이가 있는 안전한 의자로, 키가 줄어드는 노년 시기에 맞춰 주방의 싱크대도 높낮이를 조절하는 형태로, 화장실에는 꼭 미끄럼 방지 안전장치를 생활화하는 형태로 우리의 환경이 변했으면 좋겠다.

　또한 노인들이 일상생활에서 많이 사용하는 접이식 지팡이나 4발단장, 보행기, 욕조 내 의자, 이동식 화장실, 휠체어, 욕창 방지 매트 등 노인복지 용구를 개발하고, 선정하는 기준을 강화해 다양한 환경 조건에서 생활하는 노년들에게 편리함을 제공하였으면 좋겠다. 특히 복지 용구는 의료기기와는 달리 전문직 종사자가 조작하는 것이 아니라 노약자 스스로 사용하는 경우가 많으므로 더욱 안전성과 세심함에 신경을 써야 할 것이다.

노년은 인생이면 누구에게나 오는 자연스러운 과정이다. 젊은 나이에 죽지 않았으니 노인이 되었다 함은 오히려 장수의 복을 누리는 시기이다.

예전에는 잘 키운 자식들이 노후보험이 되었지만 이제는 잘 만든 환경과 제도가 노년의 삶의 질을 평가하는 도구가 되고 있다. 젊어서 열심히 일하고 돈을 벌고 노년이 되어서는 삶의 온갖 것들을 누리는 행복한 노인이 많아지는 대한민국을 만들어가자.

바로 이것이 내가 어르신 대상 방송을 계속하며 고집스럽게 진행하고 있는 이유다.

어르신과의 찰떡궁합 대화법

겉으로는 전혀 나이를 짐작할 수 없는 젊은 노인들이 등장하면서 젊은 세대가 실수하는 것들 중 하나가 대화법이다.

이상하게도 노인들은 보청기 착용에는 정말 인색하다. 물론 보청기 사용이 처음에는 어색하고 불편한 것은 사실이지만 단지 그 번거로움보다는 노인 스스로 보청기 사용만은 최후의 보루로 남겨두고 싶은 미련이 있는 듯하다.

아무튼 노인과 대화를 할 땐 몇 가지 기본 상식이 있다.

가급적 얼굴을 마주 보고 이야기해야만 한다. 말이 빠르면 대화하는 데 방해가 될 수 있으니 천천히 말하되, 너무 높은 소리로 크게 말하지 않는다. 가능하면 사진, 문자 같은 비언어적 의사소통을 같이 활용한다. 노인이 청력이 나빠 못 알아들을 수 있으므로 이야기를 이해하는지 다시금 확인하자.

같은 뜻의 다른 단어를 활용하면 대화에 도움이 된다. 예를 들어, '하늘'이란 단어를 못 알아듣는 것 같다면 '하늘'만 반복하지 말고 대신 '스카이'라고 말하면 이해에 도움이 된다.

대화에 방해가 되는 소음이나 소란한 환경에서는 대화하지 않는 것이 좋다. 복잡한 질문은 하나씩 끊어서 묻고, 명확한 단어를 쓴다. 또한 집 전화기는 수화음이 크게 들리는 효도용 전화기들이 나와 있으니 고려해보기 바란다.

노인과의 의사소통은 청력의 저하나 물리적 환경에서만 요인을 찾을 것이 아니라 성격이나 심리적, 정서적 거리감을 좁히는 데에도 관심을 가져야 한다. 인류 역사 이래 가장 오래된 대화의 장벽인 고부갈등을 예로 들어보자. 다음은 시어머니와 며느리가 주방에서 대화하는 장면이다.

시어머니: "애, 음식이 좀 싱거운 것 같구나."
며느리: "글쎄요. 그런가요?"
시어머니: "요즘, 건강식이라 하면서 간이 덜되게 먹는 것 정말 싫다. 소금 더 넣어라."
며느리: "네."

주방에서 흔히 일어날 수 있는 일상적인 대화다. 그런데 이 대화를 보면 시어머니는 성격이 강한 비난형의 어른이다. 매사에 심판하듯 말하며 명령조의 말투에 다소 권위적이다. 이 유형은

'모두가 네 탓이야', '제대로 하는 게 없구나' 등의 말을 주로 하며, 자신의 뜻대로 일이 관철되지 않을 경우 고혈압이나 혈액순환 장애를 동반하기도 하고 천식에 시달리기도 한다.

이에 비해 며느리는 회유형 성격이다. 대화에서 상대방을 화나지 않게 하려는 강요된 천사형으로 상대의 기분에 민감하며, 자기 스스로는 아무 일도 할 수 없는 듯이 말한다. 타인의 요구는 들어주지만, 자기 자신의 가치나 감정은 무시한다. '모두가 내 잘못이다', '가정의 평화가 우선이다'는 말로 착한 행동을 보여야만 한다고 생각한다.

그런데 생각해보자. 이런 대화가 일 년에 한두 번 명절에 만나 나누는 이야기라면 참고 넘어갈 수도 있다. 그러나 사소한 것에 마음이 상하고 상처를 받는 것이 인간이다. 착한 며느리 콤플렉스에 빠진 그녀가 정작 시어머니를 깊이 이해할 수 있을까? 겉으로는 어른이니까, 내가 아랫사람이니까 하면서 마음을 다독이지만 아마도 많은 스트레스에 시달리고 이는 우울증으로 연결이 될 것이다.

또한 시어머니의 경우는 어떨까? 자신이 며느리에게 한 말이 상처가 되었다고는 전혀 알지도 못할 것이다. 매사에 표현이 강하고 자신의 결정이 중요하기에 남을 배려할 만한 성품을 갖고 있지 못한 것이다.

대화에도 찰떡궁합이 있다. 말하는 방법과 듣는 방법을 적절하게 효과적으로 활용하는 것이다. 시어머니는 먼저 듣는 귀를 크게 할 필요가 있다. 충고는 가급적 제한하고 상대방을 먼저 인정하는 것이다. 자신의 생각에 동의하도록 설득하기에 앞서 상대방의 의사를 타진하는 배려가 우선이다. 또한 질문을 할 때는 개방형으로 한다. 개방형 질문은 대답을 할 때 많은 선택을 주기 때문에 효과적이다. 폐쇄적인 질문이 대답을 제한하거나 지시적 응답을 유도하는 것에 비하면 고차원적인 전략이다.

또한 며느리는 자기 자신에 대해 말하는 것을 연습할 필요가 있다. "나는 이렇게 생각합니다."라는 문장을, 대화할 때 자주 활용하는 것이 도움이 된다. 또한 속앓이를 하거나 독백이 아닌, 자신의 의견을 예의 바르게 말한 뒤 윗사람의 의견과 생각을 질문해서 적극적인 대화를 유도하는 것이 좋다. 효과적인 의사소통에 대해 연구해본 후 두 사람의 대화는 이렇게 달라질 수 있다.

시어머니: "아가야, 음식이 어떤 것 같니?"
며느리: "제 입맛에는 딱 맞는 걸요. 어머니는 어떠세요?"
시어머니: "늙은 사람들은 젊은이들과 달라서 미각이 둔해지잖니. 좀 싱거운 것 같아."
며느리: "어머, 연세 드시면 우리들과는 입맛도 달라지시네요, 기본 간으로 하고 대신 아버님, 어머님께는 소금 접시를 따로 놓아드리는 것은 어떨까요?"
시어머니: "그래, 애들이 짜게 먹는 것은 좋지 않아. 맛있게 먹자."

대화 내용을 들으면 꼬리에 꼬리를 무는 질문과 대답이 오가면서 경쾌하게 움직이는 말솜씨를 느끼게 된다. 며느리는 자신의 의사표현에 적극적이면서 예의를 갖추고 시어머니 또한 지시적 언어에서 벗어나 개방형 질문으로 며느리의 의사를 묻는다. 어찌 보면 며느리가 끝까지 말대답을 하는 것이 조금 버릇없어 보이기까지 한다. 그러나 대화를 빨리 끝내고 긴 속상함에 섭섭함을 남길 것인가, 아니면 이어지는 대화 속에서 서로에 대한 성향과 개성을 인정할 것인가 하는 것은 각자가 판단할 일이다.

효과적인 의사소통에는 남녀노소를 불문하고 자신과 타인의 상황을 모두 존중하는 태도가 중요하다. 대화는 개방적으로, 변화에 대해서는 융통성 있게, 메시지는 주저하지 말고 명확하게, 상대방을 비난하는 대신 자신의 느낌이나 생각을 긍정적인 언어로 말하는 훈련이 필요하다. 그리고 가장 중요한 것은 상대를 배려하는 마음과 나를 주어로 해서 내 자신의 감정과 생각을 솔직하게 말하고 상대의 협력을 구해내는 일이다. 말의 힘은 역시 설득에 있다. 다만 그 설득이 권위나 강요가 아닌 자발적인 의사표현의 방법이라면 언어의 마술사라고 칭찬하고 싶다.

어르신 모시기는 결코 쉽지 않다. 어르신들 역시 젊은 사람들을 이해하기가 참 어렵다. 그러나 세상에 공짜는 없다. 대화의 습관을 바꾸면 만남이 즐거워진다. 대화는 매끄러워지고 이해는 깊어진다. 별 수 없다. 한 번만 더 노력해보자. 대화의 9단, 달인이 되는 것에 관심을 갖고 노력하면 가능하다. 유쾌한 대화의 길은 멀지 않다.

저는 지금 이무지치(I Musici) 연주로 안토니오 비발디의 사계 중 겨울 악장을 들으면서 행복한 기분으로 이 글을 씁니다.

때때로 삶에 힘겨운 일이 닥칠 때 위안이 되는 그 무언가가 있다는 것은 정말 고마운 일입니다. 내공이 돋보이는 기품 있는 겨울나무를 연상시키는 비발디의 겨울 악장은 이무지치 실내악단이 단연 최고입니다. 은발이 정말 아름답고 자랑스러운 할아버지, 콘서트마스터 안토니오 살바토레의 연주는 전설적인 실내악단 이무지치의 파워입니다. 12명의 단원 중 가장 고령이나 가장 멋스럽고 품격 있는 연주로 관중을 매료시킨 노신사, 은퇴 전 마지막 세계 투어 무대를 가진 안토니오 살바토레의 연주는 2010년을 시작하는 저에게 최고를 만나는 기쁨과 위로 그 자체였습니다. 고상하고 부드러운 매너, 따스함, 절제된 선율, 수채화를 연상시키는 맑은 연주의 하모니는 한 음악가의 완성과 성숙의 완결

편이었습니다.

흔히 인생을 세 번 산다고 하죠. 제1의 인생은 성장과 교육의 시기, 제2의 인생은 직업을 구하고 은퇴하기까지의 시기, 그리고 제3의 인생은 진정한 자유를 누리며 사는 노년기입니다. 그러나 아직까지도 우리 주변에는 제3의 인생을 기다리며 기대하는 사람은 그렇게 많지는 않은 것 같습니다.

시니어들의 정년 후의 삶이 멋지고 보다 행복해 보인다면 모두들 은퇴 일을 기념하며 축하할 텐데, 시니어 자신들이나 사회의 인식이나 현실에서 내적, 외적으로 준비해야 할 것과 해결해야 할 것이 산재해 있기 때문이지요.

그래서 저는 이 글을 썼습니다. 대한민국의 많은 시니어들이 자존감을 갖고 살아온 날들에 대한 명예를 지키며 인생 후반기를 역동적이고 즐겁게 보내는 방법을 연구했습니다. 또한 주변에서 만나는 어르신들을 보며 노년의 행복이 그리 멀리 있지 않다는 것도 확인했습니다. 우리 젊은 사람들이 시니어에 대한 편견을 조금만 줄이고, 우리 사회의 당당한 한 구성원인 노년 세대와 공유하는 세상을 만들어가면 되는 것입니다. 해법은 간단합니다. 하지만 그런 마음을 처음 갖는 것이 더 어려운 것인지도 모릅니다.

시니어들은 60세부터 인생에서 새로운 독립과 자유를 즐기는 방법을 서로 나누시길 바랍니다. 은퇴자에게 제일 부러운 것 세 가지가 있습니다. 첫째, 하기 싫은 일은 안 해도 된다. 둘째, 만나고 싶지 않은 사람은 안 만나도 된다. 셋째, 가고 싶지 않은 곳에는 안 가도 된다.

진정한 자유 인생의 출발입니다. 축하합니다!

인생 후반전에 진짜 '자기다운 인생'을 만들어 나가기 위해서는 다음과 같은 자세가 필요합니다. 첫째, 인생의 독립과 자유를 만끽하기 위해 '나 답게' 살아야 합니다. 수입 유무에 상관없이 좀 더 이기적으로 나만을 생각하세요. 둘째, 관심 테마를 정하고 그곳에 열정을 쏟으세요. 셋째, 노년의 꿈을 다시 꾸세요. 그 꿈은 노년의 삶에 새로운 도전과 용기입니다. 그 꿈은 어떤 것이든 좋으며, 남과 비교할 필요가 전혀 없는 나만의 고유한 것입니다.

인생은 삶의 과정입니다. 낡았다는 것은 새로움이 없는 상태입니다. 노년의 삶이 날마다 새로울 수 있다면 대단한 성공입니다. 왕성한 호기심을 갖고 '현재'를 살아가는 것은 노년의 행복한 모습입니다. 그런 노년들을 많이 만나고 싶습니다. 그것이 시니어의 내적 파워이며, 아름답게 나이 드는 기술입니다.

도전하라! 파워 시니어, 아름다운 노년이여.

2010년 3월 2일 초판 1쇄 발행
2010년 4월 1일 초판 2쇄 발행

지은이 | 유영미
발행인 | 전재국

본부장 | 이광자
주간 | 이동은
편집팀장 | 유영준
책임편집 | 김기남
마케팅실장 | 정유한
책임마케팅 | 김진학

발행처 (주)시공사
출판등록 1989년 5월 10일(제3-248호)

주소 | 서울특별시 서초구 서초동 1628-1(우편번호 137-879)
전화 | 편집(02)2046-2854 · 영업(02)2046-2800
팩스 | 편집(02)585-1755 · 영업(02)588-0835
홈페이지 www.sigongsa.com

ISBN 978-89-527-5804-0 13810